花火
魅丽文化
花火工作室

爱喝水 作品 

AIHESHUI

江苏文艺出版社
JIANGSU LITERATURE AND ART
PUBLISHING HOUSE

图书在版编目（CIP）数据

恋爱之城 / 爱喝水著. --南京：江苏文艺出版社，2013.3
ISBN 978-7-5399-6004-3

Ⅰ. ①恋… Ⅱ. ①爱… Ⅲ. ①言情小说－中国－当代 Ⅳ. ①I247.5

中国版本图书馆CIP数据核字（2013）第028756号

书　　名	恋爱之城
作　　者	爱喝水
出版统筹	黄小初 邹立勋
选题策划	花火工作室（北京）
责任编辑	胡小河 姚　丽
文字编辑	刘砾遥
责任监制	刘　巍 江伟明
出版发行	凤凰出版传媒集团 凤凰出版传媒股份有限公司 江苏文艺出版社
集团地址	南京市湖南路1号A楼，邮编：210009
集团网址	http://www.ppm.cn
出版社地址	南京市中央路165号，邮编：210009
出版社网址	http://www.jswenyi.con
经　　销	江苏省新华发行集团有限公司
印　　刷	湖南新华精品印务有限公司
开　　本	880×1230毫米 1/32
字　　数	192千字
印　　张	8
版　　次	2013年5月第1版，2013年5月第1次印刷
标准书号	ISBN 978-7-5399-6004-3
定　　价	21.80元

（江苏文艺版图书凡印刷、装订错误可随时向承印厂调换）

目录

目录

LIAN AI ZHI CHENG 恋爱之城

Chapter 01

我的“女神”回归

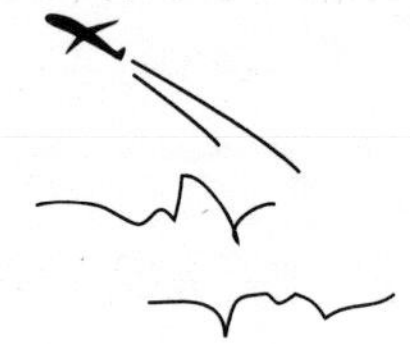

十五岁，我遇见一位漂亮姑娘，有贼心没贼胆地恋上了她；十八岁那年，由于我的贼心自杀未遂，正索性破釜沉舟培养贼胆的时候，姑娘却远走高飞了……

午后阳光正好，我坐在靠窗的餐桌边，怅然若失地叹了一口气。送完餐转身离去的胡杰听见了，又折了回来，向我投来征询的目光。

“你说说，会不会等到哪天，我终于既有贼心又有贼胆了，一回头，姑娘没了！”

他一把举起手里的托盘挡住脸，只探出两只惊恐的眼睛，左顾右盼：“贼，贼，贼在哪里？只要不劫色，我什么都可以交出来，收银机在吧台后面，密码是……”

“行了，行了。”我打个响指打断他的话，指着自己的脸，问，“我想当个偷心的贼，你说说看，我有这潜质吗？”

他由头至尾认认真真将我打量了一遍，摇着头道：“看不出来，不好说。你可以问问老大，他是专家，你知道的。”

“雷仁人在哪儿？”我问。

平时我一来，他一定第一时间冲出来神侃他的爱情经，今天我都坐下半天了还不出现，明显不是他的风格。

胡杰小声“嘘”了一声，眼珠子斜向一边。我顺着看过去，身着白色厨师服的雷仁就坐在离我不远的地方，以他惯有的“妇女之友”表情，问向对面一脸愁容的年轻女子。

“想让我帮你做点什么？”

雷仁常跟我说，女人含羞带怯时的样子最迷人，有如云中月、雾里花。此刻他对面的女子正是一副犹豫不决、含而不发的表情。我想，这也许是她的第一次表白，同时也是雷仁第一百零一次被表白的现场。

而对于表白经验值为零、表白又迫在眉睫的我来说，这是个绝佳的学习机会，不容错过。端起桌上的白水，我朝他们的方向挪了挪屁股。

“是……是这样的，我……我……我老公有了小三！”

女人果然是种危险又善变的动物，我从来就没搞懂过。那女人说的“小三”两个字尖锐得能划破玻璃，我一口喷出嘴里的白水，猛咳嗽了几声。雷仁鄙视地斜了我一眼，转回头，顺了顺自己高耸入云的厨师帽，高深莫测地对她笑道：“这个好办，有我在。”

雷仁这个兄弟，我向来是佩服的，不管是他诡计多端的脑子，还是只为女人打转的花花肠子。一会儿工夫，他就把那女人哄得忧色全无，甚至充满希望地走出店门口。然后，他得意扬扬地走了回来，我佩服地冲他竖起大拇指。他半路招来琪琪耳语交代了几句，然后坐到我对面，皱起眉，“你今天怎么回事？从进店里到现在一直魂不守舍，我喊你半天都没管理我。癌症晚期了？鬼上身中邪了？”

“老雷，我又和她重逢了！简直像在做梦！”

“哟！”他眼珠子一亮，挥着胳膊，左右招呼开，“胡杰、琪琪快来看呀，我们建筑业技术宅男、伟大的都市苦行僧陈远，他开窍……等等，”他猛然顿住，凑近我，压低声音，“你说的她，是女字旁的她，不是单人旁的他吧？”见我没好气地点点头，立刻又高声张扬道，“陈远他真的开窍啦！思春啦！2012世界末日死而无憾了！”

“低调，低调。”

拦他是拦不住的，我只好故作云淡风轻，但显然我刚才的那句话，已经彻底暴露出我一颗多年纯洁无比的心止不住地心猿意马了。其实，我也不怕跟他们坦白从宽。老雷是多年的兄弟；胡杰长得尖嘴猴腮，但内心憨态可掬；琪琪年纪不大，却古灵精怪。两个人都是他的得力战将。没准，他们还真能帮上我什么忙。

胡杰闻讯，急匆匆跑过来坐下，速速摆出饶有兴致听故事的姿态，老雷更是等不及地催促道：“她是谁？快说快说，别卖关子！”

“我……她……一言难尽啊！”

“胡杰！”

“到！”

“削他！”

“是！”

胡杰真的起身，捏着拳头要揍我。我忙从怀里掏出样东西，呈于掌心，请二位手下留人。老雷接过去，翻转在手指间，仔细审视了会儿，奇怪地问：“不就是支普通的老钢笔嘛。咦，林海容，有故事？”

我重重点头，正要开口，琪琪提着个偌大的黑色密码箱，火速前来，把密码箱塞进老雷怀里，忙故意撒娇似的嚷嚷：“开始了吗？开始了吗？我有没有错过什么？”

“陈远和老情人重逢了，故事才开始，你不到不敢继续。”胡杰一脸谄笑，给琪琪让出位置，被不买账的琪琪啧了句“德行”，笑得越发痴呆。

老雷打开密码箱，边鼓捣着翻出些杂七杂八的玩意儿，边指示我：“长话短说，言简意赅。”

我深沉地靠回椅背，双眼悠远地望向窗外远方，慢腾腾地开了口：“故事是这样的……”

可能每一所高中校园都需要一位女神，作为我们这些青春热血都迸发到脸皮上的男生的精神领袖。林海容无疑就是我们学校里最漂亮不过、最完美不过的那位女神，被我们这群“先进”的集体，集体暗恋着。

我们每天最热衷的话题是林海容跟几个傻X说话，对几个傻X笑；最乐此不疲的比较是在校外有幸偶遇林海容几次，她擦肩而过时的距离有多近；最兴奋的赌局是林海容会穿哪条裙子来上学，是白色小花的那一条，还是蔚蓝如海洋的那一条。

而我，则最喜欢她穿那条嫩绿色的长裙，扎一条黑色长辫，眉眼如画，像下凡的仙女。我自以为和那帮庸俗的人不一样，独独喜欢她这样的娇容，如同是为我而精心穿着，独一无二。我也从来不愿参与他们对林海容的热切讨论，像玷污，像亵渎。而是克制对她的朝思暮想，专心学习。因为她成绩非常好，我坚信，自己必须优秀，这样才有资格喜欢她。

其实，我喜欢林海容很久很久了，久到从我们第一次见面开始，久到她一定早已忘记，久到我一直记忆犹新。

高一新生入学仪式，我作为新生代表，要上台发言，当时很紧张很怯场。她是本校直升的优等生，被安排主持入学仪式，台上表现大方端庄。轮到我上场时，她把话筒递给我，那一刻，她对我微微笑，眼神清澈，小声说了句："加油。"

用最庸俗的词语表达我当时的感受，非"意乱情迷"莫属。用最浪漫的文法演绎，就是"仿佛有束光照亮心房，一直无知的我才恍悟，原来世界可以这般美好，只因她笑，万物明朗"。

我喜欢她，没有人知道，这是秘密。男生的秘密总是源于女生，因为对于十几岁的我们，十几岁的女生太神秘，像个谜。我还有另外一个足以令我沾沾自喜的关于林海容的秘密。每天上学，我总会提前出门，故意绕到她必经之路的早点摊子吃油条、喝豆浆，等待她骑车经过的那十几秒钟，像在做美梦。

偶尔，她会不经意地向我这边回眸，眼神交汇的瞬间，我会扭头躲开，手足无措到忘记付钱，蹬上自行车朝学校相反的方向狂奔，肆无忌惮地笑得好似狂人。这就是我一天最珍贵的片刻，能让我回味无穷。

我喜欢她，目光每每总是不自觉地追随她的身影。记忆里，那是上课铃声突然响起的一天，我见她从操场边奔跑向教学楼，便跟在后面，看到女神也会慌张，不禁莞尔，能做的却只有加快脚步以便追随。她又突然驻足，扯着断了的书包带，懊恼地蹙起了眉，蹲下匆忙捡起掉落一地的书本纸笔。我想上前帮忙，正犹豫着，她已经走远了，背影消失在教学楼中。

走到她刚刚驻足的地方，一支被她遗落的钢笔静静躺在路边的草丛里。我拾起来，手指摩挲过笔身刻着的“林海容”三个字，脑海中想象着她握笔写字的模样，该是娴静舒卷，美不胜收。

我想，这也许是一个契机，一个让我们重新认识的契机。

于是我拿着钢笔，心怀忐忑地站在放学后的校门口等她。她出现在校门口的那一刻，我几乎心跳欲裂。不及迈出脚步，她身边却多出了另一个人，一个我不得不承认非常帅气的男生。他们并肩离开，有说有笑，相衬的背影是一幅很美的照片，我走不进去。

他叫马达，一个家世雄厚、长相帅气的男生，令我相形见绌……

“所以，你想追求一位有夫之妇？”琪琪瞪着乌溜溜的大眼睛，指上我的鼻尖，向我发难，“你想当男小三，这是不道德的！我代表所有女性同胞鄙视你！”

“他们早就分手了。高中毕业海容全奖考入了美国一所知名大学，成为世界著名建筑设计师史密斯的学生。毕业这几年，她已经迅速成长为国际一流的建筑设计师。”我说着，无法抑制内心难以言说的自豪感，突然看见一个黑洞洞的镜头杵到我的眼皮底下。

“胡杰，你干什么？！”

“是老大让我拍的，说你这样的痴情汉，比中国最后一个太监还珍贵。”胡杰放下小型摄像机，看了眼故作沉思的老雷，无奈地耸耸肩，忙撇清关系。

琪琪好奇心大发，凌空扇了胡杰一巴掌，让他旁边凉快去，双手合十，两眼放光：“快说说你们久别重逢后的场景，一定特浪漫，特唯美，特有文艺范儿。”

我苦笑，眺望落地窗外远方若隐若现的响螺湾，不知该作何回答。

我是在这片美丽海滩边长大的孩子，这里现在已经成为国家整体战略部署中，待建的北方对外开放门户。不久的将来，响螺湾会继深圳、上海浦东之后，成为中国经济发展的第三极，成为全世界最大的金融商务区。

响螺湾变成了风水宝地，全世界的金融巨头们纷纷抢滩登陆。世界最大的银行索斯银行决定在响螺湾投资建设索斯洛克金融中心，一座仅次于迪拜大楼的世界第二高楼，并公开面向全世界招标设计方案。作为一个土生土长的独立设计师，我觉得自己义不容辞。

这是一个令所有业内人士梦寐以求的项目，全世界顶尖的设计师都慕名而来，甚至包括海容的老师史密斯先生，竞争空前激烈。

我没有了得的学历背景，但我仍坚持以个人身份参与竞标，且信心十足。因为我是响螺湾的孩子，我了解这里的每一棵树、每一片瓦、每一粒沙，我知道一座什么样的现代化建筑物才最适合这片土地，最能与它相映生辉。

可当我满怀斗志地坐在索斯洛克金融中心筹备处会客室，却听到负责人威廉先生直言不讳地告诉我，中国设计师在设计竞标中胜出的机会微乎其微，甚至婉言拒绝我的投标申请时，我捏紧拳头，隐忍下怒气，只狠狠问出三个字：“凭什么？”

“这位先生，请你保持你的风度。我们不否认中国建筑设计师的才华，可这次参与我们索斯洛克金融中心设计竞标的都是国际一流资质的建筑设计师，你的资历远远不够。”

威廉的话很得体，我却依然不能接受：“即便如此，我想我也有参与的权利。”

他站起身，欠身摆出送客的手势：“我们不想浪费您宝贵的时间和精力。”

没有任何协商转圜的余地，他完全是在侮辱一个独立设计师的尊严。我怕多待一秒钟，就会忍不住朝他抡拳头，狠狠揍他一顿。于是不再多看他一眼，愤然起身离开会客室，走到门边又忍不住低声抗议：“你们外国人在我们中国的土地上盖大楼，凭什么不让我们中国人参与！”

刚说完，一股清香拂过鼻尖，我抬起头，惊得无法言语。身着职业套装、依旧漂亮而越发自信的林海容走了进来，好像我的梦境变成了现实。我僵立在门边，她却没有注意到我。

有多少年没见了？她一定不记得。她是否还记得我？她一定不记得。她是否还记得那支刻有她名字的钢笔？我想，她也一定不记得了。

但是我什么都记得，即使她不再梳黑色长辫，不再穿嫩绿的长裙，更稳重更干练地出现在我的面前，而头衔是一位国际知名的建筑设计师。

“威廉先生。”她礼貌地开口，声音仍像多年前的那句“加油”一样沁人心脾。

原本黑脸的威廉，眼睛一亮：“林小姐。”

“我可以参加这次设计竞标吗？”她歪着头微微一笑，有一丝若有似无的俏皮。

“当然可以，谁都知道您是世界一流的建筑设计师，这次您是代表您的老师史密斯吗？”

“不，这次我代表滨海城建集团。”

她的回答肯定有力，面对威廉的疑惑，自信得不需要做过多解释。随林海容一同进入会客室的另一位小姐，微笑着接口道：“你好，我是滨海城建集团人力总监胡姗姗，林海容小姐现在是我们滨海城建集团设计总监。”

我很惊讶，呆呆地望着她，因为她不仅要和自己的导师同场竞技，更是要以本地设计师的身份出战。她静静地站在那里，有如芒星闪耀，而我在哪里，她不知道。不过那又怎样？她最后一句掷地有声的话，仍让我牢记于心。

“‘当年我去美国留学的目的就是为了有朝一日可以报效我的国家。’”我无法准确模仿出她的语气，爱慕却无以复加，“所以，她不仅是我的梦中情人，更是我的偶像。”

良久……

“陈远，你真的很喜欢林海容？”老雷不太确定地问。

我点点头。

“她知道你喜欢她吗？”琪琪又跟着追问。

我摇摇头。

老雷鼻子里哼了一声：“人家姑娘恐怕连你叫什么名字都不知道。醒醒吧，她是天上飞的，你是地上爬的；她是出口转内销的，你是自产自销的；她是喝汽油的，你是喝煤油的……”

琪琪抢下话：“癞蛤蟆想吃天鹅肉！”

老雷再哼一声：“她的前男友很有钱，有钱到也许你根本无法想象，你知道吗？”

琪琪重复道：“癞蛤蟆想吃凤凰肉！”

算我倒霉，摊上一帮损友，可也不至于这么损人不利己吧！我严厉地看向老雷：“我没你那么庸俗。”又更为严厉地看向琪琪，“也没你那么现实！”

琪琪不服：“癞蛤蟆想吃唐僧肉！”

“嗨！”胡杰看不过去了，“你们干吗这么说人家！”

唉，知我者谓我心忧，不知我者谓我何求。我仿佛又看到海容那张绝世容颜上张扬的自信与意气，忘我而痴痴然地自言自语道：“能够在她身边，让她看我一眼，我就心满意足了。”

“琪琪，”老雷面皮一皱，干呕几下，“借你胸罩使使，我想吐……”

男人堆里待惯的琪琪脸不红心不跳，白了他一眼，“没那么大。”

胡杰使劲挺起胸膛，大言不惭地道：“用我的。”

那俩人蹲一边吐去了，我这边仍在无限惆怅中，哀悼交友不慎哪！海容以后跟了我，怎么办，怎么办……

海容的突然出现，让我觉得像珍爱的宝贝失而复得，既有点难以置信又有点大喜过望。大门不出二门不迈，在家抱了三天窝，整个人时刻恍恍惚惚，神魂颠倒，看见什么都能想到海容，进而傻笑。最高纪录是，一天换了三条内裤。

到第三天晚上，我才后知后觉，大彻大悟。缺少参与设计竞标的资格，我根本没有机会近距离接触海容。她虽然回到了我们的响螺湾，却依然仿佛人在大洋彼岸，与我山水相隔。文艺一点就是：我心里有她，天涯不过咫尺；她心里没有我，咫尺便是天涯。通俗一点就是：我陈远自个儿喜欢她不管用，必须人为创造机会接近她，告诉她。

这样，我在绞尽脑汁、苦于无计可施中，又度过了两个漫漫无眠之夜，终是于凌晨三点拨通了老雷的电话。

电话接通，我自动过滤掉那头长达五分钟的脏话，直接切入正题："我想接近海容，主动追求她，雷老板有何高见？"

"雷老板决定和你明天见，上午十点，航母公园。"

他简短地说完，果断挂掉电话。我有种撞到枪口上的预感，再思量我这个臭皮匠万分需要他那个诸葛亮，毅然决定以身犯险。

果不出我所料，又是一夜辗转反侧后，我足足提前半小时出现在航母公园广场。太久不出门了，竟然觉得灿烂的阳光有些刺眼，像是只畏光的地下生物。再加上遍寻不见雷老板，我焦急地手搭凉棚，来回转悠，四下张望，引来不少行人的纷纷注目和小声嘀咕。尤其是花坛后面那个穿着土布对襟衣服的算命先生，已经捋着胡子盯了我好半天。

摸着胡子拉碴的下巴，我低头看了看身上T恤仔裤，还算干净。再往下看……蓝白拖鞋！我居然已经浑噩到出门忘记换鞋了！真担心自己害上了相思病，海容是病因，又毒又不致命，像练就了一种邪门的功夫，心法了得，但拳脚无力。

忙掏出手机，翻出老雷的号码，肩膀却忽然一沉，被人拍了一下。我顺势回过头，见是刚才花坛边的算命先生。他身子伛偻，比我矮去大半头，正撕扯着满脸皱纹，对我神秘兮兮地笑。

“大师，我信耶稣基督的。”我在胸前比了个十字，特虔诚无比地说，“阿门。”

“没事，交流学习，互通有无嘛。”

他的声音听起来明显是经过刻意压扁处理的，我再仔细瞧了瞧他半闭不睁的双眼，只见眼珠子贼拉亮，恨不得闪出智商一百八的光芒。我出手迅捷，一把扯住他的胡子往下拉，道：“雷仁，玩什么呢？”

“哎哟，哎哟，别扯，双面胶粘的！”他疼得直哼哼，腰杆将就着我越提越高的手，也挺起来了，恢复了一米八几的身高，将将和我平视，“怎么样，像不像算尽人祖宗十八代的绝世高人？”

没等我说话，他整整被我拉歪的胡子，开始围着我踱步，眉头一皱一皱的。我莫名其妙地跟他绕完一圈，沉不住气了：“你干什么？”

“陈远，你这几天是不是被狐仙给色诱了？”他停下脚步，眼睛紧盯着我的下三路，肯定地说，“精血不足啊！”

大庭广众之下，我尴尬得挡也不是，不挡也不是。他反而若无其事地摸出手机，走到一边接电话：“嗯嗯，十分钟后各就各位。我再最后确认一次，他贪财好色，做梦都想当官，还特迷信。好好，没错，就这样。”

挂断电话，他走回来，勾勾指头，如此如此，这般这般，跟我耳语交代了几句。我有点懵，不太确定地看着他，

“能行吗？”

他一脸受辱的表情，伸出指头从脑袋一路指下去，最后定在自己的下三路，铿锵道："我雷仁，从上到下没有哪处是不行的！"说完一个凌厉转身，走回算命摊。

老雷曾告诉我，他所向披靡的男性魅力，来源于他至高无上的男性尊严。用睥睨的目光看待女性，她们才能对你无限仰视，趋之若鹜。我陈远之所以不能赢得女性的恋慕，在很大程度上是因为我常把她们看得太金贵、太特殊。

他错了，我只是把海容看得金贵特殊。至于其他人，我连看都没看过，高矮胖瘦，美丑白黑，与我何干？同时，我也是个善于反思的人，是不是正因为我太过另眼相待海容，所以更不敢轻举妄动，或者压根儿就是一动不动，担心一着不慎，满盘皆输。

我靠，和林海容这盘棋，我能有胜算吗？

想得远了久了，朦胧中听见老雷喊我的名字，我才回过神，三两步走到他的摊子边坐下。他点起根中华，猛吸几口，一张嘴，烟雾悉数喷到我脸上。我呛得难受，正想骂他，他又自作主张地拨乱我的头发，嘴里叨叨着："再颓废一点，再衰一点。"

我怒了，拍掉他的手："你不带这么整人的。"

他不答理我，朝我身后望了望，压低声音道："开始，开始。"

要不是有求于他，打死我也不会配合。心里骂了三遍"你个龟孙子"，我调整出感恩戴德的崇敬表情，抓紧老雷的胳膊，往死里用劲，

"雷大师，我倒霉了大半年，多谢你前些日子指点迷津。昨天上

头通知，我连升三级当上了处长，从此官运亨通啊！我必须要好好报答报答你！”站起身，我拿出钱包，抽出两张大钞，腿肚子却被老雷踢了一下，我干脆把一把百元大钞全掏出来，往老雷手里塞，“雷大师，小小心意，不成敬意，请你务必收下！”

他极端装模作样地摆摆手：“鄙人能帮你开示转运，证明你我也算有缘之人，切莫让些俗物污了我们的缘分。”

“嗯，唉，咦，嘶……”

我这一通郁郁不绝啊，象声词颠来倒去啊，脑袋左摇右晃啊。他又暗里踢我一下，借捋胡子的动作挡住嘴打暗语：过了过了。

“好吧，既然大师如此高风亮节，我对你的景仰……”话没说完，他立刻虚咳两声，暗示“可以滚了”，我得令收声，“我对你的滔滔景仰来日再表，大师，后会有期。”

作个大揖，我功成身退，躲到花坛后面，看到一对打扮入时的小情侣又坐到我原来的位置。

老雷半仙上身，眼睛像跳针般抖个不停，掐指算了又算，先夸女的有旺夫相，又说他们八字绝配，是天造地设的独一对。再支走女人，告诉男人他们的孩子将来必定位至高官，天机不可泄露。说得男人喜上眉梢，说等女朋友一回来立刻就地求婚。小两口手拉手乐滋滋地离开时，女的突然一回头，冲老雷扮了个鬼脸。

等两人走远了，老雷摸起胡子做高深状，长吁短叹：“女人哪，生来就是婚姻的傀儡，可悲啊，可悲！”

“那男人呢？”我坐回他算命摊，好奇地问。

“看分谁了。”他答。

"你。"

"我是百花丛中过，片叶不沾身。"

"我。"

"你是……"

"等一下，我好像看见海容了。"

我猛眨眼睛，不敢相信地看见海容正推着一个鹤发老人走了过来。她今天穿得很随意休闲，披着松散的长发。时不时低下头，亲昵地跟老人笑着说话，耳边长发垂落，她抬手随意一绾，有娇媚的风情，又可人极了。

看两人越走越近，我的心高提到嗓子眼，最终在他们从我身旁经过的那一秒，窝囊地埋头避开。

"你呀！"老雷充满鄙视的声音在我头顶上方响起，"你的存在就是个错误，证明男人弱于女人的错误！"

我抬起头，懊恼而无力地辩解："我今天太邋遢了，容易给她留下不好的印象。"

"走，听听他们聊什么。"

这是个好提议，我心里只大约犹豫了半秒，便迅速跟上了他的脚步。

海容慢慢地把老人推到码头边，轻轻拉高老人膝上的薄毯，然后在他身边坐下，两人一起眺望起海边停靠的雄伟的航母，静静的。我和老雷装作看风景的游客，站在离他们只有几米远的位置，一样静静的，不敢说话。

"海容啊，你那个男朋友马达也在美国吧，怎么没有跟你一起回来？”

老人突然开口询问，海容脸上掠过一抹转瞬即逝的苦笑：“我们早……爷爷，这个问题你已经问过八遍了。”

老人“哦”了一声，笑着感叹：“人老了，记性不行，就爱絮叨了。不回来也好，那个马达一身公子哥气，我一直也看不惯。”

海容温柔地拉起老人的手：“爷爷，我本来想接你回美国的。”

“什么？”老人一下反握住海容的手，像个小孩一样摇头，坚决地说，“我不去！我还能活几天啊，万一回不来咋办？爷爷我可不想客死异乡。”

“爷爷！”海容埋怨着，起身推起轮椅，似乎不想再继续刚才的话题，“我们去那边走走吧，风景不错。”

祖孙俩的背影在我眼中逐渐缩小成点，我却始终无法收回视线。和海容的偶遇，无疑像高中时我捡到她的钢笔一样，再次被我自我暗示成一次契机。这是不是表明，我们不是缘分浅薄的陌生人？

这只是三百六十五天中的某一天、某一时、某一刻，航母公园里的某一个角落，我们之前都擦身而过了无数个某某她、某某他，接着相遇。如果这不是缘分，又是什么？如果缘分不够深，又如何相遇？

“你从他们的对话里，听出什么玄机没有？”

满脑子充斥着我和海容的深浅缘分，老雷猛然一问，我张口即答：“缘分！”

老雷无所顾忌地啐了我一口：“我是问玄机，不是问玄虚！”

我想想，乐开了花：“海容是个孝顺的好女孩，和我心里想的一样。”

“二货！”老雷咆哮了，脸上浮现出五个字：恨铁不成钢。他食指缠着胡子绕圈，又做出老谋深算的样子，“你没听出来林海容会随时回美国吗？你小子再不加把劲，果断采取狂轰滥炸的手段，还指望追去美国吗！”

他一说，我的脑子顿时清亮了，想起今天出门的正经事不正是找他出谋划策，共商“陈远追求海容”之大计嘛！顺水推舟，我就问道：“那怎么办？我总要先想法子接近她呀，时间紧、任务急的。”

他慢条斯理地抬腕看了眼手表，立刻惊叫一声，面露焦虑之色，可算真切体会到兄弟我的紧迫难安，懂得急我之所急、想我之所想了。他转身加快脚步，低头像在自言自语：“快迟到了，再不走要误大事了。”

这话听着不对劲，我追上他，忙问：“什么事？”

他一挥手：“车上细说。”

我当即又有种不祥的预感，很不祥，比接连两次奥运退赛的刘翔还不祥。

Chapter 02

我和半仙不是一对

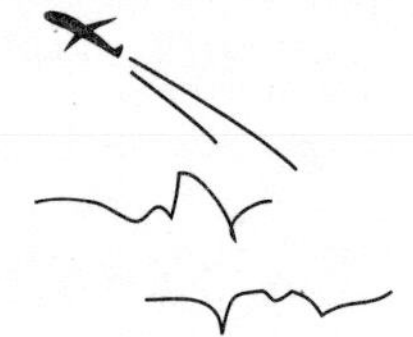

上了车，老雷只简明扼要地告诉我，他现在急着去处理那天在他餐厅里抱怨老公养小三的那个女人的案子。我调侃他妇女之友的业务真够忙的，比他餐厅老板这个正职还像正职。他不屑地说，如果生活是满汉全席，那婚姻就是里面最丰盛复杂的大菜，爱情中的男男女女则是各式各样、五花八门的食材。本味酸甜苦辣咸是众生不同的性格，经过煎炒烹炸——也就是情侣间那些个破事，最后融汇成一道大菜。至于菜里什么味道占主导，完全取决于谁的本味更霸道、更无敌。

我问他："离婚呢？是不是大菜做失败了？没熟？煳了？还是食材本来相克，不适合？"

他立刻长呼大感欣慰，夸我在他多年的耳濡目染下，榆木疙瘩开花了，都会举一反三了，孺子可教。

唉，我又不傻，只是遇到海容变得大巧若拙而已。

有时候，我真佩服老雷，能经营一家小有规模的餐厅，不赔本，还能兼顾做爱情专家，应用在女人身上积累起的经验知识，借力打力，帮她们对付男人。他绝对是资深的理论家，又是卓越的技术能手，加上无私无畏，诺贝尔和平奖可以考虑考虑颁给他。

我就不行，执著得可怕。借用老雷的“爱情满汉全席”理论，我觉得自己是香椿芽，坚信只有跟土鸡蛋一起炒，味道才最好，香味才最浓郁。当然，我不会把海容比喻成土鸡蛋，她还是我心中的女神，完美无瑕。

老雷把车子开到一个高档小区门口停下，车门打开，有人坐了进来。那人戴着压至眉毛的帽子，捂着个大口罩，看着像整容失败的，要么就是把别人整失败的。

她摘下帽子口罩，我认出是那天餐厅里的女人。她有些惊讶地指着老雷的脸：“你怎么这副打扮？”

老雷下意识地摸摸胡子：“忘记变身了，这个不重要，他们在哪儿？”

“响螺湾大酒店。”

“出发！”

老雷一声吼，引擎也跟着一声吼，车子又驶上了马路。我坐在车里，通过后照镜偷偷仔细观察那个女人。老雷说，知己知彼，方能百战百胜。在接近海容前，我只能先做无实物练习，而对于已婚的女人，我没有那么多障碍。

她目视前方，面容上看不出什么表情。可当一个人看不出什么表情的时候，往往就是他（她）心情最复杂的时刻。这是我小时候看武侠电视剧总结出来的理论，高手对决通常都面无表情，但他们心里一定波澜起伏，兴奋、激动、忐忑、犹豫、怀疑……可能还有一丝丝害怕、恐惧，甚至绝望。

最近两年我越发感悟到，原来心情复杂是本性，面无表情是装逼，本性隐藏得越好，就越像高手。谁都想当高手，无论是在生活中、工作上，还是在爱情这道难题里。

显然，对于副驾驶位置上的女人来说，这道爱情的难题变成了选择题，爱或不爱，这是个问题。

为什么我在分析别人的时候，便这么敏锐，思路清晰，而一想到我和海容，就逻辑混乱，颠三倒四？难道是因为当局者迷？

好几天没睡觉，我坐在车里没一会儿就真的“当局者迷”了。昏昏欲睡中，突然一个急刹车，我惊醒过来，看见了车子对面马路的“响螺湾大酒店”。一男一女两个人，正一前一后地匆匆走进去。

“是他们吗？”老雷问。

女人点头。

老雷推门要下车，又停下动作：“你老公这个人有什么弱点？”

女人思索了会儿，肯定地说：“他这个人软硬不吃。”见老雷满脸惊讶，不好意思地勉强一笑，“这好像也不是什么弱点。”

“没关系。”老雷大气地摆摆手，回头指示我打开身边座位上的黑色密码箱。我照办，看见里面齐全得像国安局标准配备一样的各类监听设备，不由得欷歔老雷之爱岗敬业。他又吩咐我拿出里面的小型摄像机，问：“会用吧？你负责全程跟踪录像。”我还没说什么，他义愤填膺地又道，“你堂堂一个八尺男儿，难道不愿意帮帮我身边这位可怜无助的女士吗？”

他一说完，女人立刻作势抽泣，我只能点头说好。

妈的，阴险！

下了车，走进酒店大堂，可怜的女士吐了点苦水，塞了点小钱，酒店前台的客服小姐仿佛感同身受，干脆地把房号告知了我们。

走在铺着花地毯的酒店走廊里，老雷一副运筹帷幄、得道高人的样子，分析道："貌似软硬不吃的人其实软硬通吃，只不过软要软得巧妙，硬要硬得适度。"

之于可怜的女士，老雷简直就是她的启明星，闻言频繁点头，同意得不能再同意，佩服得不能再佩服，即使老雷说完这句后再无下文。

来到客服说的房间门口，不用我们三个凑近，已经能听见并想象出里面的战况何其激烈，何其精彩绝伦。可怜的女士的脸刹那间更可怜了，惨淡似灰。

老雷倒是不着急，双手环胸靠在墙边："想好了没有？你打算怎么办？"

高，实在是高！自己想不出妙招，自然非常地就推给了当事人。

她收起怨妇情绪，目露凶光，从包里拿出一把闪着寒光的剪刀："我和他们拼了！"

"对！和他们拼了！"我以为老雷会劝她，结果却是怂恿她行凶，还小声鼓起掌来。

"不行！"我说。

"当然不行啦，"老雷接过我的话，对她说，"万一你像个疯子一样冲进去，你老公恼羞成怒，要跟你离婚呢？"

可怜的女士犹豫了："那我来软的，哭！坐在地上号啕大哭：你这个没良心的，我认识你的时候你还是个穷光蛋，现在你有钱了，你就嫌我人老珠黄了不是？你也不想想，没有我，你能挣这么多钱吗？”说着说着，她真哭了起来，又怕被里面的人听见，隐忍得肩膀直哆嗦。

“这样，你老公正好又有借口了。”老雷故作颓废地说，“‘我对不起你，你要多少钱，才肯跟我离婚？’”

房间里又一阵“嘤嘤哦哦”传了出来，面带难色的可怜的女士脸上，又添了一层凛冽寒霜，她气馁地质问老雷：“硬的不行，软的也不行，你说我该怎么办？”

老雷估计是泄露天机的半仙当上瘾了，趴在她耳朵边，又声如蚊蚋地交代了数句。女士的眉毛一路走高，定在最惊叹的位置，低呼道：“啊？这也太便宜他们了吧？”

老雷哈哈一笑，无所谓地耸耸肩：“你如果不听我的，那就离婚好了。看在老客户的分上，你们的离婚宴，我可以打个八折优惠。”

说完，他转身欲走，女士一把拉住他，看似娇弱的身子顷刻如重锤般砸向房间门，恐怕满腔的怨言都发泄在上面了。老雷催我打开摄像机，自己也挺身而出。

两三下，十几秒钟的工夫，门被撞开，里面没了声响，静得可怕。镜头中，可怜的女士低头审视完自己的衣服，深呼吸，昂首挺胸地走了进去，背影像身赴刑场的江姐，我举着摄影机不自觉地跟了上去。

越过满地遗落的男装女裙，我虽看不到前面人的表情，却拍下了她加快的脚步。镜头摇起，床上男人和女人均是衣衫不整，故作镇定，男人胸前的红潮映着女人脸庞的妖娆，春光无限好。

镜头外，一个嗲到家的声音忽然响起：“老公啊，我就知道你在这里。”可怜的女士造作地扭着蛮腰，走到男人身旁，完全无视挽着她老公胳膊的年轻女人。

男人不禁打了个寒战："你……你干吗？你……你们也别拍。"

"哎，真是越来越帅了！"女士摸上男人的脸，笑得阴恻恻的，"难怪人家小女生会看上你。"

夹在老婆和情人中间的男人当场发懵，不知所措地看看左边，再看看右边，几次张口，却说不出话。

情人见几分钟前还威武刚猛的男人，此刻却漏气似的萎靡不振，气急败坏道："你到底想怎么样？"

女士自豪地仰起头，骄傲地笑问："我老公床上功夫不错吧？那都是我调教的。"面对老公小情人的哑口无言，她温柔地整理起老公的衣襟，体贴地道，"累坏了吧？我回去给你煲个汤，好好补补。"

最后四个字说得咬牙切齿，男人一把甩开情人的手，愧疚地自责："老婆，我错了……你听我解释……"

"回去再说！"

女士拉起老公的衣领扬长而去。老雷低声道："撤。"我立刻跟上。身后响起落单的小情人崩溃的怒骂："你们浑蛋！"

走到酒店大堂，老雷掏出录像带交给她，说不论他们将来的婚姻之路怎么延续，这盘带子都可以成为她保护自己最有力的王牌。又告诉他，夫妻苦命相伴，同舟共济不易，不能被花花世界迷了眼，要懂得珍惜。

短短几十分钟内，我对老雷的敬佩之情再次升华，开始迫不及待地想请他指点一二。拉他到电梯旁的沙发上坐下，我开门见山地直接问："老雷，你快帮我想个办法，好让我接近海容。"

他敛眉沉思，十秒，三十秒，一分钟……忽地下巴努向前来收拾烟灰缸的清洁工大婶：“所谓以柔克刚，阴阳互补。林海容是能力超强的职业女性，你敢不敢放下身段，让自己低到泥土里，置之死地而后生？”

他话里邪乎，说得虚幻，我没听懂，琢磨了会儿，试着解释道：“你的意思是让我拉着海容殉情，不求同日生，但求死同穴，连枝共冢？”

“什么乱七八糟的！”

他不耐烦地挥挥手，臂膀俄然被只女人的手抓住。我们都还没反应过来，手的主人已经坐到他的身边，掐上老雷的脖子，歇斯底里地大声号叫：“都是你，你破坏了我终身的幸福，我要杀了你！”她一转头，眼神凶狠地瞪上我，“还有你，蛇鼠一窝，我要你给他陪葬。”

眼前的一幕太突然，太难以预料，我一时愣住了，盯着五官因发怒而扭曲的年轻女人看了又看，乍地想起她就是刚刚房间里那个小情人。耽误不过三五秒，她双手下的老雷的脸已然刷白，眼突舌头长，我这才忙上前解救。

陷入绝境的女人真不简单，手劲儿出奇的大，像天生三分的酒量一样，如有神助。我拉扯得满头窜虚汗，勉强将他们分开。女人不死心，弃了捂着脖子咳嗽的老雷，张口似猛虎，又要向我扑咬过来。说时迟那时快——

“你们干什么！”

天籁！我们仨听见声儿，什么都干不出来了，错愕地共同望向声源。

朝我们气势汹汹走来的女人，好是好看，就是透着股泼辣劲儿，此刻还渗出点点怒意。我觉得她有些眼熟，好像在哪里见过，还没想起来，她先劈头盖脸地痛骂起来："公共场合你们打什么打，闹什么闹，不嫌丢人啊？"她先看向我，"亏你长得人模狗样，还什么死同穴，连枝共冢！基情四射，报复社会啊？白瞎了一副好皮相！"她又看向失去理智的那女人，仍毫不留情，"胸大无脑说的就是你。知道吗？人家早相亲相爱了，你才来讨终身幸福，他们死一百遍，你也要不回来，省省吧。赶紧回家动动脑子，别再让人骗了。"

别说，这话真灵！那年轻女人一刻不耽误，泪奔离去。她也不看，最后瞪向老雷，走近几步，声势更猛烈："这里数你最恶心，最丢人！年纪一大把了，有没有点羞耻心？胡子都长到胸口了，玩什么左右开弓？找存在感还是找认同感啊！脑子有问题吧？家里没人管吗？为老不尊，老不修！"

话越听越变味，我怕她爹毛，小心地开口："小姐，你……你好像误会了。"

"误会什么啊误会！"倒是老雷率先爹毛了，从沙发里弹跳起来，虎视眈眈地和她眼对眼，鼻尖对鼻尖，"你谁呀你？你他妈哪只眼睛看见我为老不尊了？"

她不气反笑，故意眨眨眼："记好了，我叫胡姗姗，行不改名坐不改姓。再听好了，我两只眼睛都看见了。老——不——修！"

老雷彻底震怒，前所未见的震怒。他一张脸绷得紧紧的，捏死的拳头举起又放下："我从来不打女人，别逼我破例。别拦着我，谁也别拦着我！"

我左看右看，见没人拦他。他转过头来看我，我明白了，起身连拉带劝："算了，算了，一场误会，一场误会。小姐，你真的误会我们了。"

"我觉得，我是真的很难不误会你们。"

她轻蔑一笑，翩翩转身而去。我和老雷看得一愣一愣的，接着我苦不堪言地哀号道："惨了！"

"惨什么惨？我又没揍她。"

"她好像是海容的同事。"

"兄弟……"他拍拍我的肩膀，"节哀。"

悲剧啊，难道这就叫出师未捷身先死！

那天，无缘无故地跟在老雷屁股后头忙前忙后，等我回到家，再前思后想，只有一句话好像管点儿用——"放下身段，低到泥土里"。

像和尚念经，我吃饭睡觉上厕所，无时无刻不在反复念叨这句话。三日复三日，于午夜梦回之时，我一个鲤鱼打挺，从床上坐起来，茅塞顿开了！

一大清早起床，我为自己做了个从头至脚的彻底清洁，神清气爽地前往滨海城建集团人力资源部。进去出来，前后不过十分钟，出乎意料的顺利。站在滨海城建集团大楼前，迎着上午八九点钟的太阳，我前所未有地意气风发，只差一件风衣、一副墨镜而已，我和小马哥之间的差距第一次如此之小。

第一天上班，九点钟打卡，我八点时便已经西装笔挺地走进大楼电梯，直上至滨海城建集团的顶层。

董事长办公室，总经理办公室，财务总监办公室，设计部办公室……

在挂有“设计部总监”铭牌的办公室门口，我停下脚步，透过毛玻璃隐约看进去。原来这就是海容每天工作的地方，采光极好，干净整洁。我仿佛看到她忙碌的倩影，匆匆来去于办公室的每个角落。她回眸，明亮的眼神与我交汇，红唇染笑。我像个十来岁的毛头小子，吓得迅速躲开……

光用想的，心跳已微微加速，我狠狠拍了拍自己的脑袋，忙快步离开。

营销部办公室，外联部办公室，秘书室，行政办公室……

从顶楼来到地下一层，我走进员工更衣室，打开属于自己的储物柜，脱下西装外套放进去，又拿出浅蓝色工作服。

“小伙子！”旁边有人叫我，我转过头，是个四十岁左右的大哥，他很好奇地看着我，“怎么这么年轻跑来做清洁工啊？家里条件不好，没读过书？”

我不答，换上工作服，哼起小曲，踩着轻快的舞步跳出更衣室，走到门边，听见背后大哥犯起嘀咕：“没见过哪个上班这么高兴的，傻了吧。”

终于有机会和海容近距离接触，有机会每天看到她，和她呼吸同一片空气。这是一个真实存在的林海容，而不是冷冰冰的报纸杂志上，印成铅字的她的名字，或者一张失真到完全无法展现她出众气质的照片。

如果她愿意看我一眼，我就愿意当一个快乐的傻子；如果她愿意给我她的心，我就愿意当一个永远追随她的爱情疯子。

但理想厚，现实薄。我想象中有多曼妙美好，实际情况就有多二逼残忍。

上午九点钟，滨海城建集团大楼大厅。

我手持扫把，徘徊不定，有一下没一下地打扫着，眼睛无数次地瞟向大门口。上班时间临近，陆陆续续有员工进来，海容的出现像道彩虹，瞬间令周遭一切黯然失色。她美丽的脸上带着自信的笑容，双目澄澈，仿佛在认真地与每一位经过的同事问早。

海容太漂亮，周围的男人不可抑制地发出阵阵艳羡之声。我也不自觉地停下手里动作，远远地、痴痴地盯着她，盯着她被爱慕者殷勤献上的鲜花包围。人比花娇，百花遇她全失色。

她捧着大把大把的鲜花，被男人们簇拥着，我快看不到她的眉眼，于是探头张望。花束中，一个身影突然被硬生生地挤了出来，是胡姗姗！她勃然大怒，化身女壮士拨开人群，拉起海容往电梯口走。

我孤独而立，她从我眼前匆匆消失，只一转瞬，我便体会到那句话的含义：我和你最远的距离，是我看得到你，而你看不到我。

一点钟午休，滨海城建集团顶楼天台

第一天班，我上得满怀憧憬，可只过去半天，我就满腹郁结了。早上在大厅没能被海容正视，一上午她又一直在会议室开会，我连面都见不到。老雷说，男人心情烦闷的时候，就是装的时候，而装的最佳场所就是喝西北风的天台。午饭后，我直奔天台吹风，试图排解忧愁。

我没有想到海容居然也在，更没想到还有另外一个男同事。他们面对面而站，距离一米左右，男人一脸的踌躇满志，海容一派清风淡然。我虽然没什么经验，但也能猜到，这不可能是无间道，肯定是表白。

可惜天台风太大，风向也不对，把他们之间的对话都吹至远离我的十里天边。好在从男人黯然离去的背影，我可以推断他失败了。我很欣喜，脑中开始计划，是不是该现身，装偶然经过，像同事一样，和海容打个招呼。如果她面露忧色，我可以关切地问她："还好吗？"如果她无甚表情，我还可以跟她闲聊，说今天风挺大……

就在我反复做着各种假设并进行演练的过程中，海容也转身离开天台了。唉，看来我不是贼心贼胆的问题，是贼寻思太多，牵绊了我的心、我的腿。看来我无论喝多少西北风，也无法排忧解难了。

下午两点钟，滨海城建集团大楼过道。

落地玻璃被我擦过多少遍，我早不记得了，只记得海容每一次从我身旁经过时都在和不同的同事讨论工作。

偶尔遇到问题，她会微微蹙眉，偏头想一想，然后了然一笑。同事有什么不明白的地方，她会停下来仔细专注地解释，声音不急不缓，轻柔婉转。出现小争执的时候，她会不自觉地略略提高音量，伸出修长白皙的手指比一些小动作，加强力度。

这些细节，我不曾见过，即使努力想象，也想象不出来。不知道她和我说话的时候，是不是也能这么自然随性，我想当然是可以的。而我能不能足够自然从容，才是真正的问题关键。

我擦着玻璃，开始觉得，大概我这样默默注视她也挺好，至少不用担心面对她时我会表现失常。这样想着，忽然看见她一个人走了过来，低着头像在思考什么，我忙转头向玻璃哈了口气，擦得越发卖力。她轻微的脚步声停顿下来，过道里异常安静，没有丝毫响动。

时间仿佛走过一万年，我谨慎地转头寻她。她双手交叠，背靠墙边，头轻轻地枕在墙面上，闭着眼，显出淡淡的疲惫之色，令人心疼。

我冲动地想跑过去，将她揽入怀中，给她我的肩膀。如果太莽撞的话，我也可以递一杯热咖啡给她，像普通朋友一样告诉她：注意休息，身体要紧。

“注意休息，身体要紧。”

同样的一句话却出自胡姗姗的口中，她的语气和我想象中自己的语气一样，温暖柔和。同样的一杯咖啡，从胡姗姗手里递给海容，海容对她感激地笑。要是对我笑，该有多好。

下午五点，海容办公室门口走廊。

如果今天有人足够敏锐，一定能发现海容办公室门口旁边的垃圾筒一整天都保持着无比诡异的清洁度。我想在今天下班前再看海容一眼，于是只有手拿自己制造的废纸垃圾，守在垃圾筒边，不停做着丢垃圾、捡垃圾的动作。

其实我根本看不见海容，一早前来等她下班的胡姗姗就像位兼职门神，面罩乌云，双手叉腰地站在门口，遇神杀神，遇佛杀佛。

一个戴眼镜的男同事手捧大束玫瑰花大步走向胡姗姗，她横刀立马，双手一展，挡在门口，大有“一夫当关，万夫莫开”的阵仗。

眼镜男不服气，挺起胸膛，蓬勃出志在必得的信心。我早见识过胡姗姗的厉害，她根本不怵，挑衅地和眼镜男对视，火星四溅。许久之后，眼镜男败下阵来，沮丧地叹口气，灰溜溜地离开。

不一会儿，又有个小平头抱着捧香水百合，停停走走，走走停停，好不容易踌躇到胡姗姗面前，一对上她不善的脸色，二话不说，溜得比贼还快。

几分钟后，第三位猛士拿着个文件夹，火急火燎地走近胡门神，说："我有个紧急文件需要林总监签字。"

"什么文件这么要紧？给我看看。"

文件男犹豫了那么半秒钟，胡门神慧眼如炬，一把抢过他手里文件，翻看了两眼，哼笑着从里面抽出两张纸，抵在文件男眼前问："你家的文件是电影票啊？心机不浅嘛，看恐怖片，还敢和我胡姗姗玩谍战游戏。找别人看去吧，海容没空。"

她把电影票硬塞回给文件男，摆出胜利者的姿态擦了擦手，转身走进海容的办公室，关上门，徒留门外一阵扼腕叹息声。

一天的忙碌接近徒劳无功，远远差于我的预期。划拨开满桌子的设计稿、资料，我大手一摊贴在桌面上，形如槁木，心如沙漠，任凭身后三个人怎么高声叹、低声怨，都毫无心情搭腔。

工作桌后一整面墙是我陈远的整个世界，简单到只有两个组成部分。一半是我至爱的设计工作，贴满了我各个时期的设计稿纸；而我的灵感源泉、我的缪斯女神在另一半墙上，多年来我从报刊网站不同的渠道收集了很多海容的照片，还有关于她的各种剪报信息。

我能准确地从我的设计稿里找出与之对应的海容的照片和剪报，甚至能回忆起来我当时是在怎样的心境下完成的设计。如果把我这些年的工作生活进行梳理，海容一定是主线，而我像个盲从者，如影随形。

她赴美攻读建筑学科，我以同样的志愿考入国内高校；她申请读研，我保硕；她开始跟随史密斯先生展开设计工作，而我则进入设计公司，从最底层做起，一步一个脚印；她的作品渐渐赢得好评，备受关注，我的设计也逐步得到客户认同，信心倍增。后来，我得到她即将结婚的虚假消息，再无心工作，辞职萎靡了一阵子。当假消息不攻自破时，我又从头开始，做起独立设计师。

我没想到她会回国，回到响螺湾，更没想到会在那么偶然的情况下与她重逢。但最令我意想不到的，是我对她的倾慕，对她的爱意，对她的眷恋，会像响螺湾的海水对白沙的倾慕、爱意、眷恋一样，缠绵，执著，坚定。

“怪不得你对以前在美国的林海容那么了解，敢情把自己弄得跟地下情报人员一样！哇，太痴情了！太痴情了！太痴情了……”

胡杰是唱片卡壳，无限循环，直到被琪琪打断：“你看看，这才叫用心，有诚意。”

“琪琪，我都追了你一年多了，还没诚意啊！你不让我得手，才叫太没人性了呢。”

“拜托，你等人家发育成熟了再下手好不好？”

……

这俩活宝，像天生的乐天派，没有烦恼，说着又嘻嘻哈哈地自顾斗嘴。老雷走到我身旁，用力敲着我耳朵边的桌面，说：“我说你脑子短路了是吗？放着好好的独立设计师不做，非要到城建集团去做个清洁工。”

我掏着耳朵，提起脑袋，非常不乐意：“这不是你的指示吗？指着酒店的清洁大婶，让我放下身段，低低低……低到泥土里。”

“兄弟，学历挺高，怎么理解能力那么差呢！我那是让你放下脸面身份，没脸没皮，死缠烂打，能耍流氓耍流氓，能玩无赖玩无赖，坚决和林海容死磕到底。”

“你觉得我能干出那种没羞没臊的事吗？”教学生还讲究个因材施教，老雷这不是敷衍我，就是他也对海容没辙。

“哟！”他笑了，笑得幸灾乐祸，“你跑去当清洁工，人家不也连看都不看你一眼。”

哀伤的事被他故意一提，我心窝窝疼，唯有望天悲鸣：“我欲哭无泪呀！”

老雷和走过来的琪琪男女合唱：“该！”

提个音调：“我痛不欲生呀！”

他们：“该！”

再提个音调：“我生不如死呀！”

依然是他们：“该！”

“你们有点同情心，好不好？”胡杰走过来，豪气干云地拍拍他没几两肉的胸脯，估计权衡出自己能力有限，帮不上什么忙，转而乞求老雷道，“你不是说应该为朋友两肋插刀的嘛！”

老雷杀气四起，瞪向他：“我现在就想插你两刀。”

“你不能见死不救呀！”

“死了还怎么救？”

这还是我家吗？还有我什么事吗？我一拍桌子站起来，吼道：“你们还是我兄弟吗？”

胡杰也发飙了，头一回冲着老雷高喊：“你还讲不讲义气？”

三军对立，剑拔弩张，老雷突地笑了，看向我：“义气？好！别说我不帮你，我要让你自己看看你是怎么死的？跟我走！”

我们彻底杠上了。一行四人，也没人说话，直接杀到老雷餐厅附近的一家酒吧。这家伙是个流窜犯，常年流窜在周边各类酒吧之间，基本目标是流窜在各类女性之间，最终达到流窜上床的目的。

他曾说女人含羞带怯时最迷人，也说女人微醺时分最风情万种。喝小酒是件令人身心愉悦的事，酒后的女人一解风情，他就可以一夜风流了。琪琪骂他禽兽，他振振有词地回她："半夜泡吧的女人，难道是来找书友棋友的？大家不都是来游戏人间的。游戏嘛，当然男人和女人玩才最有趣。他雷仁又不是去大马路上调戏良家妇女，别侮辱'禽兽'这么有深刻内涵的词汇。"

进了酒吧，等于来到他自己家。说不定他自己家他还摸不熟，早晨出门惺忪未醒，夜里进门酒醉未醒。浪子嘛，家就是个睡觉的地儿。从酒吧门口走到吧台，一路有人跟他亲热地打招呼，大多是些浓妆艳抹、衣着暴露的年轻女性。我、胡杰、琪琪基本属于他的小跟班。

一字排开，吧台边坐定。老雷和酒保招呼了声"老规矩"，对我说："你要能按照我的指示照办，我无条件全力帮你追求林海容。"

我想也没想，重重点头。他问："准备好了吗？"我再点点头。他又仔细看了我一遍，确认我没失心疯，也没硬逞强，朝乱舞的人群里帅气地打个响指。下一秒，一位穿着V领低胸紧身连衣裙的女人就奇迹般地出现，直直朝我走了过来。

她站在我面前，挺着一对丰满的豪乳，像是会大口呼吸，肆意掠夺走我周围的空气，让我有点窒息，忙挪开视线，看向雷仁。

大哥，你这又是唱的哪一出啊？

老雷笑得阴损："对她说'我爱你'！"

我下巴颏当即脱臼，收不回来，说不出话。

琪琪和胡杰更是在一旁怂恿我："说呀！说呀！"

刚巧酒保送上酒，我端起琥珀色的液体一饮而尽。火辣入喉，脑子发热，视死如归地转头看回向大胸女的……脸！我根本不认识她，怎么开得了口啊？

她的媚眼朝老雷斜去一下，像得到了什么指示，撩拨开披肩的卷发，露出胸前白白的一片，全无预兆地挺胸向我凑了过来。我低咒一句，下意识地往旁边躲，一个没注意，居然倒进了胡杰的怀里，爬不起来。

好在老雷及时挥手让大胸女离开，他蔑视着我："瞧你这点出息，还想追林海容呢！"

琪琪也把脸贴上来，满目鄙夷："醒醒吧。"

"别灰心，我要是个女人，我一定嫁给你。"

胡杰说着，顺势张开双臂要抱我。我一把甩开他，起身反拉住老雷的手，把他吓了一跳，问："你要干吗？"

"大哥，这次你一定要帮我。追不到海容，我死不瞑目。"我真心实意，如是说。

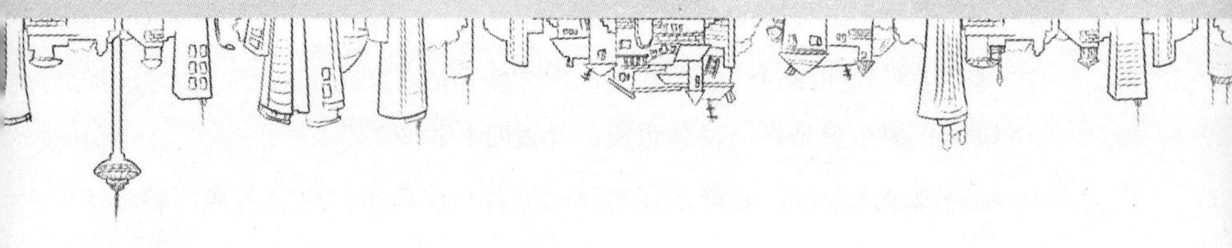

Chapter 03

追求女神A计划

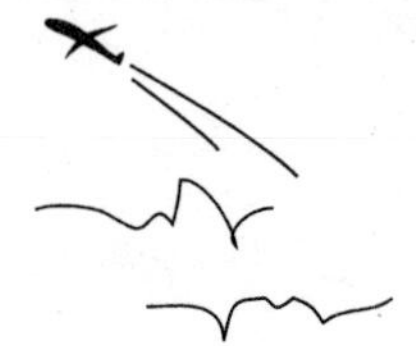

“胡杰，高一点，再低一点点，不行不行，再高一点。哎哎哎，琪琪，别把小花瓶放在洗手台右边，拿香皂的时候容易碰到，放左边去。胡杰胡杰，让你再高一点，也不用挂那么高。”

我站在女厕所门口指挥胡杰和琪琪，一个挂田园风景的小油画，一个摆琉璃粉彩小花瓶，力求位置精准，组合完美。

他们同时回过头，一脸苦相，异口同声地说：“你这是何苦呢？”

琪琪紧接着道：“老大不是答应帮你了吗？你就安心等他安排好啦。一大清早的，把人拖起来，整这些有意思吗？”胡杰像排队发泄一样，也抱怨起来：“我们偷偷摸摸像做贼一样，弄了快一小时了，不就一女厕所嘛，你还指望能倒腾成皇宫啊？”

我不答，摇头叹他们目光短浅。我们做设计的人最注重细节，对细节的改变最敏锐。我历来相信细节决定成败，一幅小小的油画，一个插着鲜花的小瓶，都有可能改变整个房间的氛围，改变走进这个房间的人的心情。

我没有资格进入海容的办公室，只能在她必须出入的地方花心思，女厕所无疑是我最佳的选择。最好的情况是，她一定会注意到改变，从而向我问起，这样我们之间就有了开端的话题。即便不能心想事成，至少，我有信心，小小的改变能让她心舒气畅。

再者说，也不能光靠老雷使劲而我不出力，双管齐下才最有效率。

“行了，差不多了，上班时间也快到了，赶紧走吧，回头请你们吃饭。”

一同走出来，我回头看了一眼精心布置、带点温馨浪漫气氛、别致一新的女厕所，很是满意。最后，我在男厕所的门楣上挂上我亲自设计的标志“观瀑阁”，又在女厕所挂好“听雨轩”。我退后两步，审视一番，雅致醒目，又开始对新的一天充满希望。

将活动范围缩小到女厕所一带，我是既忐忑又期待。忐忑的是，我出现太频繁，会有人起疑心；期待的是，海容看到我的杰作，会是怎样的表情。

很快，我看见海容急匆匆地走过来，我赶紧靠在墙边摆出一个自认最帅气逼人的POSE。可她像以往我们每次相遇时一样，照例目不斜视，从我身边经过。她走到女厕所门口，抬起头顿住，似乎愣了一下，我还没看清楚她的表情，人已走了进去。

这一天满满的希望，在这短短一刻，消亡殆尽。

中午休息，我实在没有什么胃口。老雷答应我帮我追求海容出招，却像石沉海底，没个答复。在公司附近游荡了会儿，我随便找了家餐厅推门进去，一眼看见临窗而坐的海容和胡姗姗，她们正吃着饭，说说笑笑。

一分不耽搁，我找了个离她们最近，便于观察偷听，又在她们视野盲点的位置坐下，胡乱点了份工作套餐，心思已全然飘向了海容那边。

不知她们之前聊过什么，胡姗姗看似随意地问道：“马达是不是在外面有别的女人？”

海容沉默了，我的拳头也攥紧了。片刻，她平静地说：“在感情上，我最容忍不了的就是欺骗。”

“分了就分了呗，不可惜。”胡姗姗打着哈哈安慰她，“这个马达，不就是仗着家里有钱嘛？你说他这种人除了花钱，还会干什么？我跟你讲，这男人靠得住，母猪都会上树。”

海容笑了：“这些年，你就没交过一个男朋友？”

胡姗姗比出三根手指：“我一直是三不原则：不相信爱情，不相信男人，不相信承诺。”

我立即联想到那天在响螺湾大酒店大堂，胡姗姗那凶神恶煞母老虎的样子，把老雷都给唬住了。看来看去，还是我喜欢的海容最温柔娴雅，特别是她此时嫣然又俏皮地一笑：“怪不得公司的男人都怕你，你猜他们在背后都叫你什么？”

胡姗姗无所谓地撇撇嘴：“这还用猜？灭绝师太！”

精辟！

海容忽而压低声音：“那你想男人的时候怎么办？”

胡姗姗拾起根牙签随手一丢：“找个牙签，用完就扔呗！”

海容捂着嘴笑出了声，胡姗姗凑近她：“你到底喜欢马达什么？”

“帅呀，有钱呀。”海容挑拣着盘子里的蔬菜，张口即答。

我不自觉地摸上自己的脸皮，又摸下裤兜里的钱包，计算起自己到底有几斤几两。如果海容鉴定男友的标准是财富和长相，我还有希望吗？还好胡姗姗帮我燃起了一丝希望，她问海容："现在后悔了吧？"

我几乎是屏住呼吸等待她的回答。她轻轻长叹一口气："现在找个诚实靠谱的好男人，太难了！"

"男人有钱就变坏，没有变坏的只有几种可能：要么没钱，要么没胆，要么没那个能耐……"

胡姗姗突然四下张望开，像是在找那个没能耐的。我忙缩回脑袋，随即听见她们爽朗大笑的声音，才敢重新看过去。

"放心，在公司里有我罩着你，没哪个臭男人敢欺负你。"

胡姗姗这话没错，她简直像海容的金钟罩铁布衫，刀枪不入，百毒不侵。

海容小声嘀咕了句什么，胡姗姗没听清，问她说什么，我就更没听清了。以为她会重复一遍，她却推开面前的餐盘，索然无味地说："没心情，不吃了。"

目送她们离开餐厅，我思索起海容刚才说过的每一句话，似乎诚实可靠是关键，便越发地不自信了，忙拿出手机找老雷求证："你说，我陈远是个诚实可靠的男人吗？"

他不答反问："你是处男吗？"

我张口就来："是啊。"

"诚实！"

"靠，你答应我的事儿，什么时候办？"

"明天周六，来我店里。"

挂断电话，我想我大概犯了个错误，"诚实可靠"对于老雷来说，可能根本是个伪命题。

一般来说，周六都是老雷餐厅生意最火暴的时段。他特意为了我暂停营业，有钱不赚，免费且亲自传授我追女方法，我觉得他很靠谱。可他一路上故作神秘地不说话，把我们几个带到过街天桥上，我又觉得他不太靠谱了。

过街天桥上人流不息，来来往往；天桥下车流不息，来来往往。

我们并排靠着栏杆而站，风有点大，琪琪被吹得花枝招展，胡杰被吹得凌乱不堪。我张开嘴想说话，风倒灌入口，我又立马闭上。老雷背对我们而站，等他过够了深不可测的瘾，便用电视剧里那种深藏不露的角色专有的一吐秘密大阴谋就爱回身以背示人的样子，拿后脑勺跟我们说话。

“既然你求我，那今天我就教你一招泡妞秘籍。”

真够费劲的，我还得去找着他的脸，让他看见我的一脸疑惑。

“从现在起，你在这个天桥上，每见到一个女人，就要对她说一句‘我爱你，你愿意嫁给我吗’。这招叫‘吸星大法’。”

“啊？”我和胡杰同声大惊。

看来他不是不靠谱，是太离谱。这满天桥女的那么多，年轻的、年老的、独自一人的、牵手一群的，我要挨个上去求婚，她们稍微文明点，一人一口唾沫都能把我淹死，不如叫“吸唾沫星大法”。

“我要先给你的小宇宙补充点能量。你不是想追林海容吗？你不是想泡她吗？你把这些女人都当成林海容啊！以后面对真的林海容，你还有什么好怕的？所向披靡，立马拿下！”

老雷拍着我的肩膀，摆出临高指点江山的样子，好像正以天为幕、指为笔，描绘着一幅我和海容双宿双飞、有情人终成眷属的画卷。

“我……”

“我什么我！你小子什么都不差，唯独胆量小。”他比起小拇指，不屑地说，“也就这么大点，一遇上林海容，散得连渣儿都不剩了。我敢保证，你今天要是敢当众向陌生人求婚，明天一定涅槃重生，焕然一新。”

想到即使在海容面前晃，也不被她正眼相视；想到面对我精心布置的女厕所，她的无动于衷；想到她前男友有钱有貌，而我苦苦追寻的这几年无着无落；最后想到老雷横行情场多年，经验老到……

我已经近乎低入泥土里了，还有什么好怕的？有句话说得对：置之死地而后生。死都不再害怕，勇气一下子就鼓足了，我腾起满腔气势，汹汹而去，没入人群。

先踅摸了一个看起来二十出头、比较温柔的女生，我握着拳原地踱步，振作了好几次，终于在她即将走下天桥的时刻，追到她面前。她吓了一跳，拍着胸口疑惑地看着我。我不知道应该怎么看她，低下头什么也没说出来，转回身灰溜溜地走开，听见她在我背后骂了一声“神经病”。

走回到他们面前，我简直像个彻头彻尾的失败者。老雷直摇头，琪琪做了个鄙视我的手势，只有胡杰鼓励我道：“别灰心，你一定行的。”

我深深吸了一口气，再次鼓起勇气走向天桥的另一端，一个短发女生正好走上来。我手一展，拦住了她，也不敢直视她的眼睛，声音比垂下的头更低：“我爱你。”

“你说什么？”

万事开头难，说了最难启齿的三个字，我好像能彻底豁出去了，大声对她喊出：“我能嫁给你吗？”

一时口误，女生吓得掉头就跑，还喊了两个字，比我声儿还大：“脑残！”

作为神经病的脑残人士，我垂头丧气地再次走回他们面前。琪琪没什么耐性，追问我到底行不行。胡杰继续给我鼓劲加油。老雷摸着没胡子的下巴，慢慢道：“有信心未必会成功，可没有信心一定会失败！”

我点头，没多说什么，突然淡定了，转身离开。随便走到一个女生面前，我甚至没看清她的相貌，随即问：“我爱你，你愿意嫁给我吗？”

我也完全不在乎女生的反应，说完回头看向老雷他们。老雷满意地冲我点点头，胡杰和琪琪抱在一起，高呼：“成功了！成功了！”

“我没意见。”

不会是幻听吧！我惊诧地转看向女生，她笑得羞涩，抬手指了指身后，“不过……你得先问问我男朋友。”

我顺着她手指的方向看过去，都没看太远，就看到一个彪形大汉站在女生身后，近在眼前的脸非常难看。我心说：糟了。他已经撸起袖子：“找死呀你，敢泡我女朋友！”

“友”字没说完，一个砂锅大的拳头朝我正面冲过来。砰的一声，我眼前一黑，脑子一炸，什么都不知道了……

等我疼得龇牙咧嘴地醒过来，琪琪正蹲在我身边用湿纸巾给我擦脸，擦了两下，还拿给我看纸巾上面的血迹。唉，我这是学泡妞呢，还是学他杀啊！

胡杰蹲在我另一边，仰头看向面对我们站着的老雷："好了好了，别练了，再练下去小命也没了。"

老雷没搭理他，严肃地对我说："陈远，现在你的吸星大法功力已经练到了第三层，你还愿意接着练下去吗？"

我没有犹豫："愿意。"

"好！"他手指往远处一指，"下一个，继续！"

我转头看过去，一个年纪不轻的老太太正扶着栏杆，慢慢悠悠走上天桥。

"大哥，你想玩死我呀？"我自己挨骂挨拳头也就罢了，真去跟老太太表白，她要是心脏不好，受不了刺激怎么办？

"等你练到第四层，你就可以达到泡尽天下美女、独孤求败的境界。"老雷说。

"可我只想泡林海容。"

"没有十成十的把握，你敢去泡林海容吗？要不敢，就快去！"

我一咬牙，挺身站了起来："我去！"

"行了！"老雷拦住我，"不用去了。"

"善变"不是女人的专有名词吗，怎么他也玩这套，到底有没有个准谱啊！

他小腹微挺，只手叉腰，一副伟人派头："从现在开始，我决定正式帮你。"

"什么！"风的确有点大，他的声音传进我的耳朵里，是不是被风吹得产生了化学变化？还是这一切都是幻觉？不对，可我的脸是真疼，疼得我想跟他拼命，“刚才折腾了半天，我骂也挨了，拳头也吃了，脸也丢尽了。全当彩排，逗我玩，蒙我呢是吧？”

他笑了：“我怎么知道你是不是铁了心地想泡林海容，没想到你这么坚决。”

“老雷。”我收拾好情绪，靠近他，特温柔地唤了他一声。

他向后退了半步：“你……你干吗？”

我紧跟上：“我爱你，你嫁给我好吗？”

说完不停顿，我早攥好的拳头，照准他的脸，结实地夯了下去。他反应不慢，下一秒，拳头也挥了过来。天桥之上，我们俩在不友好但非常热烈的气氛中，成功地滚到地上去了……

老雷位于餐厅后方的办公室和他的双重身份一样，有多种功能，平时当办公室，有情感纠纷找上门时就做参谋部。

办公室墙上挂有投影幕布，旁边立了块白板。戴着蛤蟆墨镜的老雷站在前面，身旁的桌面上放着他的黑色密码箱，我和胡杰、琪琪坐在小马扎上，像仨学生一样面对着他。

琪琪戳了戳缠我脑门上的绷带，问：“陈远，你下一步打算怎么办？”

我没说话，胡杰先无限期待地看向琪琪，撒娇似的问：“琪琪，我要是受伤了，你会不会也对我这么好？”琪琪嗤笑，说等他受伤了再说吧。胡杰无限惆怅地嗷嗷叫了一声，两人一同看向我。

我很兴奋，难以自控：“我这就去找林海容！我要勇敢地向她表达我的爱意：我爱你，你愿意嫁给我吗？”

琪琪翻个白眼，直呼我疯了。惆怅完的胡杰，惊诧地问：“你难道真的胆子变肥了？”

“那当然。”我示意他看看已经摘下蛤蟆墨镜、但效果和没摘一样的老雷，肯定地说，“我都敢跟他表白、干架了，还有什么好怕的？”胡杰深表同意。

老雷不搭腔，按动密码打开箱子，我以为他要从里面拿出什么对我有帮助的高科技玩意儿。结果，他双手探进里面鼓捣半天，拿起个剥好壳的熟鸡蛋，揉上他青紫的眼眶：“陈远，你对林海容了解多少？比如她喜欢吃什么？”

琪琪立刻抢话道：“是牛排还是炸酱面？”

“她有哪些亲人？”

“七大姑八大姨都叫什么？”

“她有哪些朋友？”

“万一人家不喜欢男人，喜欢女人呢？”

他俩你来我往像唱双簧，我只能一个劲儿摇头。听到琪琪推测她喜欢女人，我就惊了：“啊！”

“她喜欢穿什么牌子的衣服？”老雷接着问。

“她内裤是什么颜色？”琪琪接着追。

“啊！”连这个都要知道？我接着惊讶！

“爱情有时候就像一场战役，知己知彼方能百战百胜。”老雷将手里揉完眼眶的鸡蛋扔进嘴里，从密码箱里拿出几张照片，贴在白板上，“这是我们两位优秀的谍报人员琪琪、胡杰经过仔细侦察，收集到的第一手资料。”

第一张照片采用俯拍角度，应该是在某医院的中心花园，海容和护工正搀着海容的爷爷在花园里散步。

琪琪走到白板边，指着照片道："这张照片可是我在树上蹲了半个小时才偷拍到的。照片中的这一位是林海容的爷爷，因患有内风湿，需长期住院治疗。根据我的调查结果，林海容的父母过世很早，她从小一直和爷爷相依为命。而且医院护工说，林海容的确非常孝顺和爱护她的爷爷，每周都会去探望他。"

我点点头，从照片上海容小心搀扶的动作也看得出来。

第二张照片是隔着某餐厅临街的玻璃窗、在马路对面拍摄的，照片上海容和胡姗姗正在吃西餐。

胡杰和琪琪交换位置，做作地清清嗓子："这张出色的偷拍照出自我胡杰之手，极佳的光影效果和完美构图我就不多说了，进入正题。这位是林海容的同事兼闺蜜，胡姗姗。基本上每顿工作餐她们都会在这家餐厅解决。林海容最钟爱的一道菜是奶油蘑菇汤。"

我再次点头，上次我偷听海容和胡姗姗说话，同样是在这家餐厅。

然后，老雷又陆续贴上了海容和胡姗姗逛街的照片，海容和胡姗姗带爷爷在航母公园散布的照片，海容和胡姗姗晨跑的照片，以及形形色色的男人在不同的场合地点向海容献花的照片……

看来他们要帮我不是随便说说而已，真做足了功课。

面对花花绿绿几十张照片，老雷站在白板前，一手托腮，蹙眉凝思。他身后的琪琪和胡杰也照模学样，一个双手按太阳穴，一个叩敲额头。

忽地，老雷大手一指白板，严厉地问："你们发现了什么？"

琪琪和胡杰吓得忙立正站好，原地摇头。

"林海容的追求者很多，不是官二代就是富二代。可这些人没有一个能接近林海容，你们说这是为什么？"

他询问的目光递给我，我看了看照片，想了想这段时间在滨海城建集团工作的情景，猜测道："那个灭绝师太？"

"没错！"老雷打个响指，指着照片中的胡姗姗道，"这位御姐简直是林海容在滨海城建集团里的保护神。有她在，那些追求者一个个都是狗咬王八——找不到下嘴的地方。"

琪琪和胡杰立刻如醍醐灌顶般狂乱点头。

"陈远，如果你想追求林海容，最大的难度不在于林海容自己，而在这个御姐身上。只要有她在，你恐怕根本没有接近林海容的任何机会。"

我深表认同地点点头，问："那怎么办？"

"唯一的办法就是在你接近林海容之前……"老雷话音一顿，举起手刀凌空往下一砍，凶相毕露，"把这个御姐先干掉。"

琪琪胡杰一听，互看一眼，然后看向我，最后我们又一起看向老雷。他被看得浑身不自在，一哆嗦："你们这么看着我干吗？"

琪琪胡杰走上前，一左一右拍上老雷的肩膀。胡杰谄笑着说："大哥，事到如今，只能你亲自出马了。"琪琪跟着附和，娇嗔道："牺牲下你的色相嘛，就一小下下嘛！"

老雷愣了会儿，缓过神，走到我身边坐下，眼神里有一丝丝后怕："那御姐的厉害你不是不知道。"

我自然心知肚明，但除了老雷，确实也再没有合适的人选。揽住老雷的肩头，我恭维道："你老雷是什么人？全民情圣！你只需要帮我把胡姗姗引开，好让我有和海容单独相处的机会，又不用真的追求她。"

他摩挲起下巴："那我这算卖艺呢，还是卖身呢？"

我思考片刻，坚定地回答："卖艺！"

"靠，我只卖身不卖艺！"

"……"

琪琪胡杰笑作一团，我见老雷如此出言不逊，也无语了。老雷夸张地哈哈大笑，走回琪琪和胡杰身边。三个人背着我围成个圈，窸窸窣窣地议论了半天。讨论完了，琪琪往办公桌后面一坐，装公务繁忙。胡杰从密码箱里拿出顶金黄色的齐耳假发，胡乱往头顶一罩，走到门边。老雷则又坐回到我身边，总算有点认真的样子了："下面我们来模拟一下真实场景。胡杰是胡姗姗，琪琪是林海容。"

"胡姗姗"假装收拾完东西，用手指比了个数字"六"，推开一扇虚无的门，跟工作中的"海容"挥手道别。然后"海容"继续工作，"胡姗姗"则走到一边，团手作杯，一杯接一杯，接着疯狂乱扭，假发掉了，捡起来接着扭。放纵够了，"胡姗姗"晕头转向地比出个数字"十"，再次推开一扇虚无的门，招呼"海容"，一同走出办公室。

表演结束，两人鞠躬致谢。

他们演默剧完全等于打哑谜，我看得云里雾里。老雷站起来走回白板前，拿起笔，替我解惑："根据林海容和胡姗姗两个人的日常活动规律，一般在每周五的晚上，姗姗都会一个人去泡吧，而林海容则会加班，从六点工作到晚上十点，等胡姗姗从酒吧回来接她一起回家。这就是说，周五晚上的六点到十点这个时段，林海容是一个人在公司，你有四个小时的时间可以接近她。”

“所以，我该怎么接近她呢？”

老雷从密码箱里抽出一张卷好的工程图纸，铺展在桌面上：“过来看，我已经给你量身定制了一份周密的行动计划。”

我好奇地凑过去。那是一张海容所在办公室的布局图，上面用不同颜色的彩笔标注了很多小字，还有些我认不出的乱七八糟的符号。光看我理解不了，于是问：“什么意思？”

“听我跟你解释……”

老雷的解释可谓声情并茂，巨细靡遗，我越听越觉得邪乎，越听越觉得不着调。他的尾音收在“万无一失，稳操胜券”八个字，我特不想表示怀疑，但兹事体大，算得上我陈远和海容的初遇，关乎我们爱情的将来，只好不确定地问：“没问题？”

他们三人异口同声，铿锵有力：“没——问——题！”

夜幕降临，滨海城建集团大楼一片漆黑，像陷入了沉睡，唯有设计部总监办公室里亮着灯。

墙上的时钟已经指向七点半的位置，海容坐在桌前，在一张白色的设计图纸上写写画画着什么，专注而安静，似乎完全沉浸在工作当中，完全不被外界干扰。

突然，她头顶上方天花板内的吸顶灯，伴随着电流短路的嗞嗞声响，开始闪烁个不停，像是最后挣扎中的急切喘息。海容猛地抬起头，吸顶灯又神奇般地恢复了正常。她疑惑了会儿，埋头继续专心工作，吸顶灯却又重新闪烁起来，而且明暗交替越来越缓慢，甚至每一次满室漆黑都能维持数秒之久。

海容再无法工作，面露不安之色。她放下笔，掏出手机的手微微哆嗦。她连播数通电话，像是始终没有接通。她拿起手机快步走到窗边，无意识咬起手指头，眼睛紧盯着手机屏幕。

“嘀——”

一声尖锐的声音划破寂静，海容吓得低呼一声，后退数步。只见窗下的复印机竟然自动启动了，显示器闪起白光，机箱内发出传输稿纸的嚓嚓声，仿佛一只困兽猛醒。

“呼呼呼——”

“咕咚咕咚——”

“呜呜呜——”

各种异响鸣声大作，海容惊恐地回过身，一时之间，办公室里所有的电器都莫名其妙地运转起来了，空调、饮水机、电脑……她呆立在原地，双眼发直，不知如何是好。直到一阵刺耳的电话铃声响起，她身子一惊，快速跑回桌边，伸出颤抖不已的手接起电话，用发颤的声音说了声“喂”。紧接着她发出一声惊恐的尖叫，扔掉电话，抓起桌上的包跑向办公室门口。

直通电梯口的走廊里空无一人，静谧无声，天花板上投下的微弱灯光不足以照亮每个角落，更显阴森。海容从办公室门口战战兢兢地探出头，眼里满是惊恐的惧意。她深呼吸一口气，紧闭双眼，飞奔至电梯口，用尽全力拼命地按动墙上的电梯按钮。她紧抓怀里的皮包，微驼着背，不敢四下张望，双眼不离电梯上方的指示灯。

1，2……6，叮！

电梯门在沉重的闷响声中缓缓打开，一个身着白色长裙、面庞全被黑色散乱长发挡住的女人渐渐露出全貌，缥缈地站在电梯中间。

海容歇斯底里地尖叫一声，奔跑进楼梯间，失措地冲下楼。

空荡荡的地下停车场里，阴寒异常。海容孤弱的身影狂奔着，焦急地寻找着自己的车。终于，她看到了自己的白色轿车，舒了一口气。她的手仍在颤抖，很久才从包里摸出钥匙，正要开门，从车身后面飘出一个声音，是个女人的声音，隐约像在喊救命。

海容伸手开门的动作定住了，似乎在犹豫。当又一声更为清晰的救命声响起时，她战战兢兢地走到后备厢处，凑近仔细聆听。很静，仿佛从未曾发出任何异声。她不太甘心，咬牙鼓起勇气，打开了后备厢……

我躲在不远处的一辆轿车后面，亲眼目睹了发生的一切，清楚地知道，现在该我出场了。在工作服上蹭去掌心的汗，我告诉自己不要紧张，然后接连深呼吸数口，从轿车后面站起来，轻轻走近海容。

"林小姐。"

海容单薄的后背明显一震，伴着一声尖叫，她转过身，满目惊恐地看向我，紧咬着略显惨白的嘴唇。

"你是谁？"她双手环护在胸前，警惕地问。

我余光扫过空空如也的后备厢，尽量放柔声音，放缓语速，"我是公司的清洁工。林小姐，你怎么还没下班呢？"

她似乎根本听不进去，伸出手想推开我，又收了回去："你走开，离我远点。"

我故作无事地“哦”了一声，转身准备离开，心里其实已经求遍了各路中外神仙，请他们一定保佑我，让海容开口留我。

“你回来。”

感谢老天爷！暗暗舒口气，我平复好忐忑的心绪，咽咽口水，吞下提到嗓子眼的心脏，转回身再次走到海容面前。

她不说话，我更不敢说话，放缓呼吸，生怕被她发现我的起伏不定。面对面而站，她只到我的肩头，忽然凑近我，看了看我胸前的工作卡。还好，她低着头，不然一定会被她看见我因紧张而合不上的嘴。

她抬起头，又毫无征兆地伸手摸上我的脖静脉。冰凉的指尖贴着我的脖子，好舒服。这算不算肌肤之亲？我一下子屏住呼吸，用意念数数，才没让自己越想越歪。

真希望时间可以就此停止，不要走。她收回手，带起的指尖余香，瞬间又令我心神荡漾。陈远，你能不能有点出息！

海容松了口气，低声嘀咕：“哦，不是鬼。”我也松了口气：哦，没让心魔攻心。

“对不起，我刚才情绪有点激动。”

我故作状况外，迷惑地问：“林小姐，您还有什么事？”

“没事了，”她忙摆手，嘴唇嚅动几次，谨慎又怯怯地问，“那个，陈远……你……你如果方便的话，能送我回家吗？”

她喊我名字，第一次喊我名字！按捺住心里的窃喜，我点点头，指着她的车说：“我开车送你回去吧。”

她急摇头：“不，不开车。”

步行送海容回家，她一直低着头沉默不语，像是惊魂未定。我心疼地想说点什么，更想抱抱她，终是怕太唐突而吓到她，只能在暗地里无数次咒骂那两个扮鬼吓人的家伙。

到了海容家的小区门口，她停下脚步，勉强挤出笑容，对我说了声“谢谢”。我反复克制才忍住送她上楼的冲动。

望着她渐行渐远的消瘦背影，我不自觉地摸上脖子。她之前触摸过的地方，仿佛还残留着她冰凉的温度和淡淡的香气。

唉，我不知道我这样做到底是对是错。

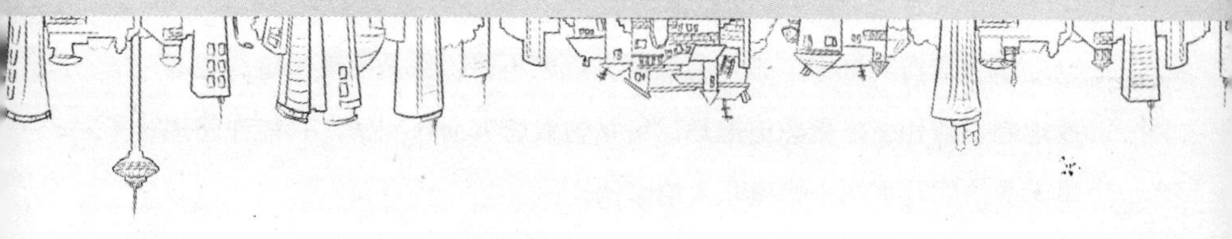

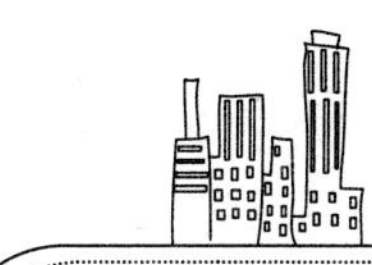

Chapter 04

追求女神B计划

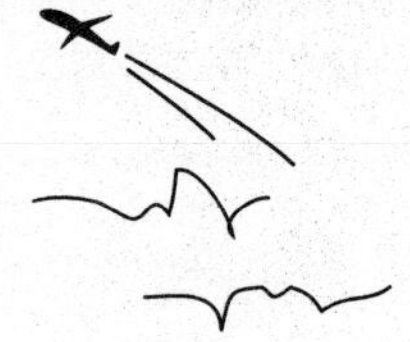

一刻不耽误，赶回老雷餐厅的办公室。老雷站在白板前，盯着满满的照片，正在运筹帷幄之中。胡杰还穿着白色长裙坐在一边看漫画，而琪琪则举着座机话筒，貌似正认真地练习鬼叫鬼笑。

我一想到刚才海容惨淡发白的面容和惊恐未定的眼神，什么都不记得了，脾气直蹿了上来，朝琪琪和胡杰吼去：“你们惊悚片看多了吧！这……这也太缺德了点吧？万一把海容吓出点好歹，怎么办？”

他们不搭腔，只阴险地笑。

老雷走了过来：“不把林海容吓出一点好歹来，她会让你送她回家吗？”他抬手看看表，拍着我的肩膀，“不错嘛，小同志，才九点而已，已经大功告成了，有前途，有前途。走，带你去个地方，让你见识见识我雷仁的功力，顺便偷偷师。”

琪琪和胡杰凑过来，挡不住的跃跃欲试。海容害怕的模样还在我脑中萦绕，对他的提议完全没兴趣，我摇头道：“不去。”

“不去也得去！”老雷很坚决，眼神吩咐琪琪、胡杰俩马仔一边一个架起我，“我这是去会会胡姗姗，好为你的爱情道路扫清障碍，不识相！走起！”

“遵命，老大！”

我一直认为只有以餐厅为圆心、一公里为辐射半径内的所有酒吧才是老雷的天下，没想到公司附近的酒吧他也熟。胡杰好奇地问他为什么，他以惯有的高姿态回答："妞泡多了，保不齐会遇见熟人，为了避免大家尴尬，行事不便，当然要换换地方，换换胃口。通常不同街区的酒吧，气场也不相同，培养出来的妞儿也各有千秋。"

"好比这家，"老雷带我们到一间卡座坐定，环顾起酒吧里的内景，开始给我们指点迷津，"这里的妞大多都是些附近高级写字楼里的白领。有留洋背景的来泡吧，嘴上说是多年在外养成的习惯，其实根本就是崇洋媚外，把自己当外国人。其他的基本上都受过高等教育，自我意识比较强，人也比较矜持。可平时工作压力大，时间观念强，目的性也会很强。总之，一个优点：直接！"

老雷果然老到！我们只看到酒吧里的灯红酒绿，人人光鲜靓丽，他却能由表象深入内在，讲出这么一大串听起来很有道理的话。一番话说完，我和胡杰作为和老雷一样有一定人生阅历的成年男性，不禁一同低下头反思人生。忽然听见琪琪一声低呼："她在那儿。"

我们抬头顺着琪琪手指的方向看过去，胡姗姗一个人坐在离我们不远处的卡座里，手端酒杯，悠闲地喝着小酒。在这样热闹的酒吧里，迷离的灯光下，她这样一个人喝酒，还喝得很自在惬意，是非常少见而引人注意的。

"胡姗姗，今年二十九岁，硕士学历，滨海城建集团人力资源总监。性格泼辣火暴，感情经历空白。江湖人称'三不'灭绝师太，不相信男人，不相信爱情，不相信承诺。"琪琪像念书一样报出胡姗姗的背景。

雷仁自言自语地道："有点意思。"

胡姗姗独自一人，又是美女，很快吸引到了男人的目光。一个大腹便便的中年男人端着杯酒，毫不掩饰色迷迷的眼神，走近胡姗姗。他指着胡姗姗身旁的空位，几乎是凑到胡姗姗面颊，说了什么。我们听不见，但也能猜到，大概是想坐下来陪胡姗姗喝杯酒。

胡姗姗没有避闪，只瞄了那男人一眼，顺手爽利地将酒杯里剩下的红酒，一滴不剩地泼在空位上，又自顾续上杯酒，悠然品着，看都不看那个灰溜溜离去的男人。

真应验了老雷刚刚的理论，两个字：直接！

“有脾气，这人我喜欢。”琪琪鼓起掌，称赞道。

“有个性，这个我也喜欢。”

琪琪一小姑娘爱搞盲目崇拜也就算了，我没想到老雷也说出同样的话，忙看他是不是开玩笑。他神情诡异，盯着胡姗姗的方向笑了，有点深意，又好像有点不怀好意。

接下来的半个小时，胡姗姗又连续让四个前去搭讪的男人吃了闭门羹，一个比一个失败，一个比一个窝囊。

“老大，你这回可遇到真正的对手了吧？”琪琪挑衅老雷道。

老雷仰天得意大笑：“别忘了我在江湖上的花名。”然后，欠抽地摆出副郁结的表情，“唉，有时候无敌也是一种寂寞啊！”

胡杰则有节奏地点起脑袋，跟念数来宝似的道：“爱一个，甩一个；甩一个，爱一个。爱的甩的一样多，亏本买卖绝不做。江湖人称鬼见愁，我们称他雷大侠，雷大侠！”

老雷受用非常，立刻踌躇满志地说：“十步杀一人，千里不留行。百万军中取美女芳心，易如探囊取物。”

“老大，她已经喝了五杯酒了。”琪琪实时报告军情，突然加快语速，扯老雷的胳膊，“走了，走了，你还不赶快行动。”

老雷也不着急，对琪琪使了个眼色：“我需要你给我打一个配合。”

琪琪回他个“你懂我懂”的眼神：“没问题。”

只有我和胡杰云山雾罩，跟上他们的脚步，去追已经走出酒吧的胡姗姗。

追出酒吧外，琪琪一人先快步前行，和胡姗姗擦身而过，气冲冲地走到她前面。本来和我们一样装路人跟在后面的老雷，骤然撕心裂肺地朝前方大喊起来：“琪琪，我求求你，别离开我。”

老雷小跑着追上琪琪，还没站稳，琪琪反身扬手给了老雷结结实实的一记耳光。声音之响，看得我和胡杰都傻眼了，这是要搏命演出啊！不过，这一巴掌也成功地吸引了胡姗姗的注意，她停下脚步，看向老雷和琪琪那对“怨偶”。

估计真被打疼了，老雷顿了几秒钟，扑通跪在地上，一把抱住琪琪的大腿，打着哭腔，不停后悔啊，怨自己啊。

“琪琪，你不要走，我求求你，不要走！我哪里做得不好，你告诉我，我改还不行吗？”

老雷像是哭得老泪纵横，拿鼻子去蹭琪琪的牛仔裤，又翻跷起兰花指抹眼泪。琪琪看在眼里，拔腿几次未果，朝天翻了个白眼，极其嫌弃地道：“你看看你自己，长得五大三粗，有点男人样吗？还算是个男人吗？菜你买，饭你做，碗你洗，地你扫，连我的内衣内裤你都给我洗了，家务活全让你干完了，你还让我干什么？”

说着，胡姗姗的眼睛瞪圆了，似乎来了兴趣，本来从包里掏出的手机又放了回去。

琪琪也说上瘾了，撸起袖子，双手叉腰："还有，发了工资你就把钱全部都交给我，我怎么乱花你也不管。我在外面有别的男人，你也不管，你还想让我怎么做？"

琪琪说得理直气壮，老雷哭得惊天动地，胡姗姗的眼睛越睁越大。我和胡杰动作一致地朝他们比出大拇指。这世界太玄幻了，太颠覆三观了，太爱情为公、男女大同了！

老雷一屁股坐在地上，盘腿环住琪琪的脚，吸吸鼻子，说："你平时工作忙，家务活我全包，是怕你再累着，想让你回家好好休息。你那么爱漂亮，当然要把钱留给你买衣服买化妆品啦。"说到这里，他顿了顿，伤心欲绝地叹了口气，再次振作，"你找别的男人，是不是我哪里做得不够好，你不够满意？你告诉我，我改，我改还不行嘛！"

琪琪使劲抽出脚，往地上狠狠一跺："我已经忍你忍够了，我要甩了你，从今天开始，咱们俩彻底分手。"

干脆利落，琪琪扬长而去。老雷望着她远去的背影，放声痛哭。这大半夜的，跟鬼哭狼嚎似的。胡姗姗慢慢踱到他身边，蹲下，从小包里掏出一张纸巾递过去。老雷收住哭腔，越过拿纸巾的手看向胡姗姗，什么也没说，眼神哀怨。

胡姗姗推了推纸巾，语气少见的温柔："擦擦眼泪吧。"

"谢谢。"老雷感动地接过纸巾，擦完眼泪擤鼻涕，沙哑地道，"我跟她在一起七年了，不管怎么吵架，她也不会提分手，难道这次真的跨不去'七年之痒'这个坎？"

"我叫胡姗姗。"胡姗姗指向身后的酒吧，"哪天如果觉得心里还不痛快，来酒吧找我，我可以陪你喝两杯。”

“谢谢。”老雷重重点头。

胡姗姗起身笑着离开。等她走远了，老雷坐在原地，冲我们比了个“YEAH”。我们和琪琪从不同方向朝他围拢，看他跟看偶像一样。他慢条斯理地从地上爬起来，嚣张地教育我们道：“这种型号的御姐，通常都身怀很强的母性情结，见不得人受欺负，觉得自己是女超人，能保护地球，保护全人类。我这招叫什么？记好了，‘绕指柔化百炼钢’！”

“强！”

“牛！”

“威武！”

我们仨一夸，老雷的范儿又起来了，坚持接茬请我们回酒吧喝酒，不醉不归。可我总觉得，这事可能不会那么简单，因为胡姗姗可真不是个简单的人物。

有过一次成功的刻意安排的“周五奇遇”之后，接下来的一周，我都在无比期待周五速速来临中度过。但真到了周五，我倒有些忐忑了。毕竟我用的是见不得人的小伎俩，是武林中的旁门左道，是正派人士都唾弃而不屑于使用的。可老天爷给面子，夜幕降临之际，天公居然雷声大作，大雨将至，简直是给在我做音效。

八点多钟，因为快下雨了，公司里加班的员工都走得差不多了。我来到海容的办公室门口，偷偷向里张望。她果然还和平时一样，忙着画设计图纸，全然不顾即将来临的大雨，似乎也忘记了上周五的恐怖经历。

我站在门口踌躇了会儿，转身走向电梯。因为除了老雷制订的行动计划，我还真想不出别的正大光明的法子来接近海容。上周五我送海容回家，绝对是种绝妙的体验，我反复回味，真上瘾了。这才是生活，有滋有味有快乐，最重要的是，有林海容。一步走下去，再无回头路。

走进配电房，我打开配电箱，掏出手电筒照向上里面五颜六色的电线，却怎么也想不起来到底哪一根是控制海容办公室的。看来还是胡杰专业，上周五的声效光效，全由他一手操控，非常到位。

我正摸索着，高处窗外乍然响起一声炸雷，紧接着一道闪电划破长空，我吓了一跳，手电筒差点掉在地上。什么都还没动，配电箱里电线开始嘶嘶作响。我提起手电筒，想仔细检查，又一声惊雷，电线们像得到了讯号，火花四射。两三秒钟过后，彻底停电了。

低呼一声“不好”，我忙冲出配电室，跑向海容的办公室。刚走到走廊处，只听见办公室里海容的一声尖叫。我飞快冲进去，黑暗中，只有角落处燃着一团熊熊火光，散发着浓浓的胶皮的臭味，应该是电线或者插线板着火了。好在，为了接近海容，我经常在这附近打扫卫生，迅速回忆起走廊尽头有灭火器。虽然不知道海容到底在哪里，也没有时间细找，我还是对着黑暗的空气，镇定地说了句：“林小姐，我马上回来。”

跑到走廊尽头，拿到灭火器回办公室，拔出保险销，按下压把，对准火焰根部扫射。一系列动作，我做得像演练过数百次，准确有效，火焰被迅速扑灭。原来在救美的关键时刻，普通人也能变英雄。

丢开灭火器，我拿起手电筒四下乱照乱找：“林小姐，林小姐。”

“我在这儿。”

某个角落里传出海容微弱而颤抖的声音，我寻找过去，在沙发后面、落地盆栽的旁边发现了躲在角落的她。手电筒的微光打在她身上，她蜷曲着蹲在地上，我清楚地看见她眼眶里含着的点点泪光和瑟瑟发抖的身体，害怕失措得像一个迷路的小女孩。

面对海容，我总是要不断克制自己的行为。我没有鲁莽地走上前抱起她，而是蹲在一个伸出手就能触到她的位置，轻声地问："林小姐，您没事吧？"

她先摇头，又拼命点头，把手里攥着的手机给我看："手机打不通，座机也打不通。我害怕，我想回家。"

"可能因为打雷，影响到了电话线路。"我试探性地向她伸出手，问，"我先扶你起来，然后送你回家，好吗？"

她看了看我，我的目光更加温柔。她又看了看我的手，我朝她伸得更近了一些。她点点头，缓缓地将手放进我的掌心里，依然像上次一样冰凉。我轻轻握住她柔软的小手，带她起身。

从办公室走楼梯到大楼门口的一段路，我试着找了些轻松的话题跟她闲聊，帮她消除恐惧。她最初只是敷衍地回我一两个没有意义的字词，后来也会说上一两句，或者反问我问题。因为手电筒光照不足，我一直牵着她的手，走得很慢，既担心手心冒汗会让她觉得脏，又无耻地希望大楼的门锁了，我们被困在这里，可以和她共度一夜。

但老天的眷顾是有限的，我们走出大楼，天空中已经下起了瓢泼大雨。海容看着雨幕，对我说："我今天没开车，也没带伞。"

“没关系，你等我一下。”

不及她开口，我冲进雨中，奔跑向最近的便利商店。买好东西，我跑回去大楼，在离她几步之遥的地方，我又停下，站在雨里痴痴地望向她。

就在今天以前，总是我站在某处，等她看到我，哪怕给我一个毫无意义的对视也可以。可现在，她立在那里，偶尔向外张望，我知道，她在等我。那种感觉就像是，我历经了千山万水，终于找到她，她回眸对我笑，说：“你来了。”

她好像看到我了，我笑着跑近她，把手里的新伞递到她面前。她没有接，反而抬起头看着我扑哧一笑。我愣了，她说：“你怎么不打着伞过来呀？”

我好像猛然惊醒，嘿嘿笑着说：“一时着急，忘记了。”又递上一杯热饮，“不知道你喜欢喝什么，我随便买的，暖和暖和也好。”

她接过热饮，双手捂着，却没有接过伞，我又糊涂了。她举手示意，我才明白，她两只手都占着，根本没法打伞。我暗骂自己蠢蛋，忙撑起伞，我们一同走进雨中。反正我已经湿透了，直接将伞推向她那边。

她注意到了，没说什么，微微地靠近了我一些，然后腾出只手，从口袋里掏出纸巾递给我：“擦擦吧。”

“谢谢。”

她不是刻意，我也没有故意，时不时地，我们的身侧相碰。和刚才牵她下楼的感觉不一样，这样我们好似情侣，我窃喜。

“也许是我最近这段时间工作压力太大了。”海容慢慢喝了一口热饮，仰起头对我嫣然一笑，“刚才我有点失态，让你见笑了。”

这一笑像笑进了我的心坎里，痒痒的，我表面上仍故作淡定：“没事。”

“对了，女洗手间是你设计的吧？‘观瀑阁’和‘听雨轩’这两个牌子也是你设计的吧？”

我点点头。就知道，她一定会注意到。

她又称赞道：“没想到你这么有设计天分。”

我不好意思地笑了笑：“我在大学也是学设计的，我的梦想是能够和你一样，成为一个世界一流的设计师。唉，有天分、有梦想又能怎么样？还不是找不到工作，只能做一个清洁工。”

半真半假的话，我越说越没底气，估计一条道要走到黑了。

“有梦想就不要放弃！”海容抬头与我坚定对视，眼里的光芒、果决的神情和当初在索斯洛克金融中心筹备处会客室说报效祖国时一模一样。她放柔声音，接着又说，“有的时候，成功距离你只有一点点，当你坚持不下去的时候你就告诉自己，坚持下去就是胜利。”

“谢谢你的鼓励，我不会放弃的。”我不会放弃事业，更不会放弃你。

“公司人力资源总监胡姗姗是我的好朋友。如果你有兴趣，我申请把你调到我们设计部来，从助理设计员做起，一步一步来，怎么样？”

今天的惊喜实在太多，我抑制不住兴奋：“好哇！”

仿佛人生的第一道曙光终于眷顾而来，照亮了我，这样想着，好像真有一道光束透过密密雨帘照了过来。雨声太大，我也听不到其他声音，和海容同时放慢了脚步。灯束越来越近，我仔细辨认，当看清楚那是一辆打滑失控的大货车，惊得大脑一片空白。几乎是下意识的反应，我用尽全力推开海容，而我已经来不及躲避来车。一动不动，绝望地闭上眼睛，我心头最后的残念是：这惊喜整大发了！

一秒，两秒，三秒，很多秒……

我好像听见有人在喊我的名字，竟然是海容的声音，透着仓皇和害怕。缓缓睁开眼，我对准焦点的一瞬间，眼睛陡然睁大，大货车就停在我正前方，离我的鼻尖最多不过几厘米。我这才后怕地腿发软，一屁股坐在地上。

我呆呆地盯着雨幕中的凶手，胳膊上突地一紧，转头看见海容花容失色的一张脸，已经被大雨淋湿了："你吓死我了，知不知道！我小时候在路边玩球……球滚到路中间，我去追……差点迎头撞上一辆车，我当时吓呆了……是爸爸，他冲过来把我揽到路边，不然，不然就……"

她说得有点语无伦次，但我听懂了，大概是刚才惊险的一幕唤醒了她小时候同样惊险的一幕，所以越发害怕。

姑娘真害怕了，我就只能装不害怕。我腿肚子打着弯弯，硬从地上爬起来，嘴里还不停说着"不要紧，不要紧"。货车司机冒雨下车赔礼道歉，我高风亮节地说："没关系，没关系。"海容问我："需不需要报警？"我忙说："这点小事就不麻烦警察叔叔了。"司机问我："需不需要去医院检查。"我坚决表示："最近没钱。"

最后他们一致认为我被吓傻了，便把我送进辆出租车。海容坐进来，坚持要送我回家。我连讲了五个冷笑话，她才勉强相信我一切正常，答应改由我送她回家。这回我终于成功地把海容送到了她家楼下。

雨停了，我们都很狼狈。海容的样子像只被淋湿的小兔子，曲线却很美，玲珑得像一只元青花瓷瓶，忍不住想摸一摸。我不敢再往下看，只能目不转睛地盯着她的脸，见她鬓角的长发贴在脸颊，我想伸手去帮她拂起。刚有点动作，她先轻轻开了口："我到家了，谢谢你刚才救我，你真的没事吧？"

手已经伸在半空中，我忙改成敲自己的脑壳："没事，没事。"

她抚着胸口，戚戚地说："刚才吓死我了。"

"还好有惊无险。"风凉了，我开始后悔没有外套可以帮她披上，"快上去吧，不然会感冒。"

她"嗯"了一声，转身走向单元门口，忽然又回身对我甜甜一笑，"希望下周能在设计部见到你。"

我还记得的诗词不多，她的回眸一笑，让我瞬间很有文学底蕴地想起一句——"忽如一夜春风来，千树万树梨花开"。重重点头，我人又飘渺了，迅速转身迈开坚定的步伐，如同头顶有朝阳，照得我高大无比。

一步履坚定，我就像打足鸡血似的，直接走到了响螺湾海边。坐在沙滩上，听浪打浪，听风吹树，听远处渔船鸣汽笛。我风干头发，风干衣裤，一颗心却依然像浸在甜酒里一样，沉甸甸、晕乎乎的……

我仿佛看见融合时代感、科技感又极具地域特色的索斯洛克金融中心临海而矗，映着碧海蓝天，白沙绿树。我和海容变成了真正的情侣，手牵手站在沙滩边向它所在的位置眺望过去。海容穿着我最喜欢的那条嫩绿色长裙，如出水芙蓉，漾漾的眼眸中满是对我的崇拜。我抬手指向气派的金融中心，自豪地说："看，这是我毕生最满意的设计。"转头，与海容深深对视，"而你是我的缪斯女神，我希望我也能成为你毕生最满意的选择。”

然后，我情不能自已了，闭上双眼。她深受打动了，也闭上双眼。像被磁场牵引，我们的脸慢慢靠近，越来越近……

“阿嚏！”

随着一个突如其来的大喷嚏，我美好的幻影破碎了，飞散落入沙滩，又被海浪无情卷走。但我却好像有种打通任督二脉的感觉，突然灵感爆棚，对于多日来一直处于停滞状态的索斯洛克金融中心设计工作，有种想飞奔回家提笔继续的冲动。

虽然已不再可能拥有设计竞标的资格，但我对这件设计圈里的大事件仍非常关注。英国著名建筑设计师罗杰斯来了，法国著名建筑设计师布朗来了，美国著名设计师哈德曼来了，还有海容的老师史密斯先生……他们都是顶级的设计师，作品遍布全球各地。

我的资历永远无法与他们比肩，可我对响螺湾的热爱，他们永远也无法追赶。失去竞标的资格，并不代表我失去设计的权利，像海容说的，有梦想就不能放弃。

膨胀的灵感推动我朝家的方向狂奔。海容果然是我灵感的源泉，不会枯竭。

Chapter 05

全民情圣大战灭绝师太

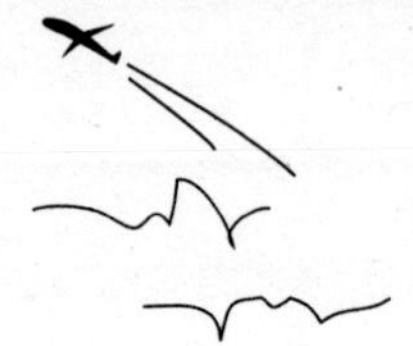

有人说，当创作灵感充盈时，宣泄灵感的手是被上帝所牵引的。我估计上帝握住我右手的时候，一定没考虑我的肌耐力和我的括约肌张力。一夜伏案而坐，我提笔的手就没有停过，直到心里所想的设计理念完整具象地呈现在图纸之上，我才丢开笔，直起背，伸了个懒腰，然后冲进厕所宣泄生理灵感。

从厕所出来走到窗边，远处的天空泛起了鱼肚白色。尽管一宿没睡，我依然不感觉累，反而精神百倍，于是很自然地拿出手机，拨通老雷的电话。

“喂——”

手机那头，很久才接起电话的老雷明显还没睡醒，声音疲软。

“老雷，是我。”

“你谁啊？哦，陈远啊。昨天晚上进展如何？”手机里响起啪的一声，估计是他点起根烟。

“进展非常顺利，下周我应该可以到设计部上班了。”

“好！这就叫‘不入虎穴，焉得虎子’，恭喜你一步一步地接近了林海容。”

“老雷，你知道我现在什么感觉吗？”我兴奋地问完，雀跃地已经等不及他的回答，自己答道，“像漫天飘洒的白雪，轻飘飘的，身轻如燕啊。”

那头沧海一声笑：“我看你像嘌呤过高的白痴，找不着北了吧？”

“当然找得着了。”我一下想起昨晚老雷跟我说要去酒吧创造和胡姗姗的偶遇，随口问道，“你昨天晚上进展怎么样？”

那头得意地笑，“你大哥我出马，有走空的时候吗？”我正要恭维他，只听见一声“妈的”，电话随即断了。

我再打过去，却是无法接通的状态。情况有点复杂，我想不通，直接换身衣服出了门，打算去老雷餐厅的办公室看看到底是什么情况。车开到高架桥，遇上交通事故，堵得死死的。我又拨了几次老雷的电话，仍旧无法接通，只好又等了一个多小时，才顺利下了高架。

马不停蹄赶到老雷的办公室，我一推开门，就感觉到一股不祥之气朝我迎面扑来，正犹豫到底要不要进去，里面传来一阵低笑声。琪琪和胡杰坐在一边互相对看，紧闭着嘴，像忍笑忍得很辛苦、很困难。老雷一个人坐在办公桌后面的老板椅里，手指夹着一根快烧到头的香烟，好像在发呆，完全没看到我进屋。他表情复杂，有些忧郁又有些烦闷，和他平时风流倜傥的样子大相径庭。

我大为不解，试探地问向琪琪和胡杰：“怎么了？”

他俩也不正面回答我，倒像被我上了发条，自己说开了。

琪琪望天叹气：“御姐伤不起呀！”

胡杰摆头摇手：“老大的功力只用了三成而已。”

琪琪耸耸肩：“人有失足，马有失蹄。一次小小的失败不能代表什么。”

胡杰晃晃手指头：“你错了。老大没有失败，是一时轻敌，中了敌人的圈套。”

琪琪横眉冷对：“我怎么觉得，是老大自己深陷泥淖呢。”

胡杰认同地点点头：“哎呀，我看算了吧，反正目的我们已经达到了。”

“都给我闭嘴！”老雷从老板椅里一弹而起，吹了两口被烟烫到的指头，双手按在桌面，眉毛都倒竖起来了，“没吃到羊肉反倒惹了一身臊！你们谁都别劝我，这是我和她之间的私人恩怨，传出去，我在江湖上还怎么混？”

“那老大你想怎么样？”胡杰追问道。

“我和她势不两立！我和她不共戴天！我和她没完没了！”老雷跟开嗓子一样，调越起越高，最后一个字都破了。

琪琪双手合十，老天保佑：“完了完了！又疯了一个！”

我看得听得莫名其妙，特不合时宜地小声问了句：“你们说的‘她’，是不是胡姗姗？”

老雷三两步走到我面前，狰狞着五官，怒发冲冠，冲我吼道：“不把她追到手，我誓不罢休！”转身夺门而出。

抻袖子擦去满脸的唾沫星子，我无奈地问：“这到底是怎么回事啊？”

胡杰蹿到门口，打开门向外望了几眼，关好门回来，和琪琪一起将我拉到旁边，你一言我一语，声情并茂地絮叨开……

昨晚，老雷在酒吧里守株待兔，很快等来了孤家寡人的胡姗姗。借着上次被甩的惨痛经历，老雷故作借酒浇愁愁更愁，和胡姗姗成功搭讪。俩人从分手谈到牵手，从恋爱谈到恋物，从人生谈到人身，小酒一杯接一杯，天南地北，聊得投机又尽兴。

微醺之后，胡姗姗冒出一句“我就喜欢你这种男人，有情有义，对感情专一”。向来千杯不醉的老雷，不知是状态欠佳还是被美女恭维晕了，大着舌头说，对感情专一，一向是我的弱点。胡姗姗一高兴，端起酒杯，高喝道“为相识干杯”。老雷动作一致，和她共同一饮而尽。就这样，到胡杰和琪琪目送他们互相搀扶着离开酒吧，俩人各自喝的酒，按老白干计算，没有半斤也得有八两。

他们以为一切进展顺利，接下来肯定是干柴烈火、满室旖旎的销魂夜，就各自分头散了。结果第二天一早就接到老雷从酒店房间打来的电话，跟原子弹爆炸一样，气急败坏地让他们带身衣服开车到酒店接他。

等他们到酒店门口，当场看傻了眼。传说中的江湖鬼见愁雷仁雷大侠，只围了条浴巾，手里紧攥着把粉红票子，杀气腾腾地从酒店里走出来，脸黑得跟煤球一样。路人都爱凑热闹，见个半裸男人走出酒店，长得还人五人六的，立即聚拢围观。爱面子的老雷，脸色再难看也强撑淡定，挤出笑容，装穿新衣的皇帝一路同群众挥手致意，钻进车里。

昨晚在酒店里，到底老雷和胡姗姗发生过什么离奇事件，作为唯一当事人的老雷肯定不会讲。但根据琪琪和胡杰的亲眼描述，以及早晨我和老雷的那通电话，还有刚才他脱口而出的那句“没吃到羊肉反倒惹了一身臊”，我们做出大胆假设，应该是这样的……

昨晚出了酒吧到了酒店房间，老雷应该已经喝得很够意思了，倒在床上呼呼大睡。胡姗姗不知道出于何种居心，也许是出于某种变态的爱好，把老雷扒了个精光，留下一大沓钞票，带着老雷的衣物潇洒而去。

今儿早上，老雷被我的电话吵醒，迷迷糊糊中发现全身上下光溜溜的，自然而然地以为昨夜自己威猛如狼，将御姐胡姗姗轻松搞定，就跟我得瑟开了。正扬扬自得，无意中看见那沓胡姗姗留下的钞票，情场经验老到的他立刻反应过来，顿感受到了奇耻大辱，丢了面子，于是骂了句脏话，摔了手机。

和琪琪和胡杰会合后，丢尽面子的老雷非常不甘心。根据以往搜集的资料，到她家里、她经常出入的地方，甚至满城满大街找胡姗姗都找不到，最后他们决定去滨海城建集团看看，果然胡姗姗在公司加班。

火星撞地球这一幕极其精彩，躲在门后、有幸目睹全过程的琪琪和胡杰戏瘾又上来了。经过简短讨论，胡杰轻车熟路扮胡姗姗，影后琪琪反串老雷。

"老雷"气势汹汹地闯进"胡姗姗"办公室，把钱狠狠摔在只瞄了他一眼便若无其事地继续办公的"胡姗姗"面前。

"你这是什么意思？"

"胡姗姗"拨了拨额前的刘海儿，双手环胸，靠在椅背上："怎么？嫌少？"

"老雷"彻底愤怒了："你把我当成什么人了？"

"胡姗姗"给了他一个洞悉乾坤的得意笑容，问："上星期五晚上那个女孩是你找的托儿吧？一早就认定我这个目标了吧？"

如遇当头棒喝，"老雷"傻了。

"胡姗姗"一声冷笑："这点小把戏还敢在我面前卖弄！你是太

高估自己的智商，还是想侮辱我的智慧？”

“老雷”艰难启齿：“我……”

“打住！”“胡姗姗”手一抬，“我不相信男人！”

“其实我是真心……”

“打住！我不相信爱情！”

“我向你保证……”

“打住！我不相信承诺！”

女强男弱，“胡姗姗”的气势气场气魄全面压倒“老雷”，几乎将他逼到哑口无言的绝境。然后，“老雷”做了一件目前为止最男人的事情——一拳凶狠地打上桌面。接着，他又做了件目前为止最窝囊的事——捡起被他的拳头震倒的台历，放回原位，转身颓然离开。

我的预感没错，胡姗姗不简单，老雷这回栽了。只是不知道他最后会栽进她的“温柔乡”，还是跌进自己的“英雄冢”。

“所以，这段时间咱们还是少惹老雷为妙。”我提议道。

习惯了无往不利的老雷，冷不丁摔这么一大跟头，相当于武林中的高手高手高高手被一个他自以为名不见经传的小丫头摆了一道，而且被摆得快准狠。高手高手高高手这才愕然发现，小丫头原来是统领江湖第一魔教并且代管周边各歪门邪道的女魔头。此刻的高高手扼腕郁卒了，越来越想不通了，要么走火入魔、以暴制暴，要么看破红尘、遁入空门。反正摊上这两样中的任何一种，我们的小日子都会过得很不平静，最重要是因为，老雷他是奇人，什么事都能干出来。

琪琪、胡杰很认同我的建议，我们决定作鸟兽散，各自回家。这时紧闭的办公室门咣当一声被踢开，老雷大步流星地走到白板前，指着上面某张海容和胡姗姗的合照，胸有成竹地说：“如果说胡姗姗是位御姐，那么林海容就是一位萝莉。下一步你需要做的，就是找到这位萝莉的弱点。”

我感激地点点头。这个时候，他还能想起我的事儿，真是好兄弟，没话说。

“任何人都有弱点，这位灭绝师太的弱点是什么呢？”他转身，紧盯着某张胡姗姗的特写照，嘀咕道。

听见背后琪琪戏谑地说：“没招了吧。”他一回身，目光坚毅，笃定地说：“有的时候最笨的方法往往就是最有效的方法，那就是：死——缠——烂——打！”拿起马克笔，摘掉笔帽扔出窗外，他狠狠地在照片上的胡姗姗身上画了一圈，“我缠死你！”

胡杰也跟着凑起热闹，蹭到琪琪身边，娇憨地说：“我也缠死你。”

琪琪不耐烦地一挥巴掌，“我去！”

顿时，我又有一种预感，事态要变复杂。

星期一是崭新的一天，对于我陈远来说，也是重生的一天。

我特意穿了一身最贵的西装，打了一条以往总给我带来好运的领带，别好领带夹。刚打开家门，我吓了一跳，同样西装笔挺，但是是粉西装笔挺的老雷双手捧着一大束娇艳的玫瑰花，站在我面前，正不怀好意地对我笑。

“好哥们儿！谢谢你替我准备的鲜花，也不知道海容喜不喜欢玫瑰。她这么一个特别的女孩，应该不会喜欢这么艳俗的花。不过不要紧，她应该看得到我的诚意。”

我径自滔滔不绝地说着，从容地伸出手，要接过他怀里的花。老雷一侧身躲开，不高兴地说："欠震撼教育是吧，明明知道我这是要送给灭绝师太的，你瞎扯淡什么？"

"那你来我家干吗？我家只有杀虫用的灭害灵，没有杀人用的灭绝师太。"

"真是虎落平阳被犬欺啊！"老雷腾出只手，戚戚然地摸上额头，"我雷仁终其一生，狐朋狗友无数，怎么会偏偏挑中你当兄弟呢？自作孽啊……"

"行了，行了。"看他装喟叹，我就反胃，走出来带上门，"我当你是英雄气短，需要人加油鼓劲儿。事先说好，我们可得装不认识，不然全要露馅儿。"

"既为英雄，何来气短？"他推我进了电梯，按钮关门，真像着急上班的人，"你现在不是已经深入敌军内部了嘛，我是让你帮我留意灭绝师太的动向，特别是她看到我之后的反应，方便我部署下一步计划。"

"有海容在，我眼里看不见别的女人。"

老雷"切"了一声："有点出息，成吗？"

我没接话，只牢牢盯着他的粉色西装和大红玫瑰看。五十步笑百步，说的就是这种人。时间一长，他也不自在了，还逞强嘴硬："寂寞久了，怕泡妞技术生疏，当然要找人练练手啦。"

电梯门打开，我先走出去，一回头，老雷原地摆出个玉树临风的造型，挑着眉毛问："怎么样，风采不减当年吧？"

据我所知，老雷追女人的风采可以追溯到春秋战国时期——再往后推两千二百多年，也就是他上中学的时候。所谓的情场英雄也不是一蹴而就的，他同样经历过为喜欢的女孩写情书、买早餐、做劳动、情人节送巧克力、期末考试传小抄等一系列青得跟葱一样的岁月。

我觉得我遇到海容，立刻像回到了十几岁时心性不定的自己。原来，老雷也是半斤八两，一个德行。天下的乌鸦果然都是一般黑，谁也不能再黑了谁。

每次站在滨海城建集团大楼前，我都总有种想把自己站成发哥的冲动，缺少的还总是那一件风衣和墨镜。今天很奇怪，我的回头率比以往高了很多，明明龙门水闸关了，也没穿蓝白拖鞋啊。我好奇地去看那些好奇看我的路人，多为年轻女性，都捂嘴偷笑着走远，我又丈二和尚摸不到头脑了。

有问题，找老雷。我转头一瞧他，哇，眸光似水，笑容似花，像一首歌——《在那桃花盛开的地方》。五尺男儿，硬把自己弄得像朵巨型桃花，再配上这一身行头，还对我笑，我都觉得瘆得慌。好在自己比较正常。这一转念，我顿悟了，敢情伟大的人民群众们把我俩当他妈那什么了，肯定又和前些日子，在响螺湾大酒店大堂被胡姗姗误会的那个一样一样的。

连退数步，我拉开和巨型桃花的直线距离，远远看见海容和胡姗姗手挽手走过来。手捧玫瑰的老雷瞬间化身中国移动，奔着中国电信胡姗姗就去了。

一大束长腿的鲜花猛然出现在海容和胡姗姗面前，她们脚步一顿，都露出诧异的神色。胡姗姗大概以为又是哪个不知好歹的家伙敢追求海容，习惯性地挡在了海容面前。她伸手野蛮地扒拉开鲜花，看见后面老雷一张笑成花的脸，有点儿意外。

我听不见老雷对她说了什么，但胡姗姗却很大方地接过鲜花，和老雷微笑着挥手道别，拉着海容走向集团大楼。这第一步未免也进展得太过顺利，好像他们之前根本没有过一场巅峰对决。我走到老雷身边，不解地问他刚才到底和胡姗姗说了什么通关密语。

他潇洒地做个吹刘海儿的动作，望着胡姗姗的背影，自信非凡地说："我只不过对她说，你要是不收下这一束花，我会照着三餐每天三束花送到你办公室里。对待女人嘛，就是要拿出大老爷们儿的气魄，她们才会……"

话说到一半被他自己截住了，我瞧着老雷一双眼睛都直了，忙朝大楼看去。海容和胡姗姗的身影早已消失不见，但大楼门口旁边的垃圾筒里，突兀地插着一束玫瑰花，开得正艳。我只好拍拍老雷肩膀，说："革命尚未成功，同志仍须努力。"

他没说话，自嘲地笑了笑，笑出几分苦涩，转身离开，背影落寞。我叹了口气，朝着与他相反的方向，走向集团大楼。想到今天就能成为设计部的一员，和海容成为真正的同事，我只为老雷默哀了大约三秒钟，立刻又变得心情舒畅起来。

也许是海容在滨海城建集团高层心目中位置极重，十点多钟，我就接到通知，人力总监胡姗姗约我谈话。算起来，这应该是我和胡姗姗的第一次正面接触。我很担心她会想起当初那场响螺湾大酒店里的意外，很快认出我。站在人力资源部外面徘徊了很久，确定这是唯一一次能让我和海容关系更进一步的机会，我便硬着头皮走了进去，敲响她办公室的门。

里面说了句"进来"，我推门和胡姗姗点头问好，坐在了她对面。

她面带微笑，甚至亲自给我倒了一杯水放在我面前，才坐回办公桌后面，说："设计部总监林海容今天直接向人力副总提出申请，要求把你调到设计部做助理设计员。你应该事先知道吧？"

我端起纸杯喝了两口水，镇定了一下，平静地说："是的。"

她收敛笑容，恢复了灭绝师太凌厉的眼神："可是你现在只是一名普通的清洁工，而且才来公司没多久。她这么极力推荐你，我觉得很奇怪。你也应该知道，私底下我和海容是好朋友，她并没有跟我提起过你们什么时候居然成了朋友。"

略作思考，我推断出她这是在试探我，于是更加淡定地说："我本身是学设计出身的，林小姐应该跟你提起过，设计部的男女洗手间被我重新设计过。她很欣赏我的设计，问起来，我们就聊了几句，也不算是朋友。坦白说，我一直很想进滨海城建集团，苦于没有机会，无奈之下，只好先从清洁工做起。"

"这么说来，你这一切都是为了你将来的事业？"她见我笃定地点头，从手边拿起一张纸递给我，"这是调令，你可以直接去设计部报到了。不用太在意，我只是例行公事找你谈话，祝你以后在设计部工作愉快。"

接过调令，我道声谢谢，退出办公室，只感觉浑身上下发冷，像出了一身白毛汗又被寒风吹过。胡姗姗这个对手太强大了，我现在由衷地希望老雷能越挫越勇，最终将她拿下。因为化敌为友的最有效方法是让对手变成哥们儿的女人。

胸挂助理设计员的工作卡走进设计部的大办公室，我停在门口。大半个月的清洁工作，让我已经很熟悉这里的一切，我几乎能叫出他们每一个人的名字。从今天开始，我也即将成为他们中的一员，我喜欢这里忙碌的工作氛围，喜欢听他们为自己的设计据理力争，这才是我真正想要的。而我最想要的人，此刻正坐在属于她的私人办公室里。我能想象，她一定和往常一样，全情投入在工作之中，我也不能落后。

迈着坚定的步伐走进办公室，我刚喊出从我面前经过的眼镜男的名字，他瞟了眼我的工作卡，顺手将抱着的一大摞文件递给我："助理是吧，帮我全部复印，十分钟后要。"

我还没答应，他已经急匆匆地走回位置。从门口走向影印室，我对每一位同事微笑，他们个个趾高气扬，不答理我。这也难怪，以前他们只认我身上的工作服，没理由理睬我；现在他们只认我的工作卡，没工作安排，没必要理睬我。

工作向来是这样，一身衣服、一张铭牌就是一个人，哪怕穿这身衣服、戴这张铭牌的，其实只是一头猪。

经过海容的办公室，我习惯性地往里望了一眼，门虽然是虚掩着的，但什么也看不见。正准备离开，听见海容在里面轻喊一声："陈远。"

我忙停下脚步，慢慢推开门。海容坐在办公桌后面，朝我比了个手势，笑着说："加油！"我立刻受宠若惊地腾出只手，也比出相同的手势。由于太着急，大摞文件差点掉到地上，我手疾眼快，三两下又重新抱好。可能样子太滑稽，像小丑表演，海容咯咯地笑出了声，我不好意思地回她个笑，带上门。

只要能逗她开心，我愿意为她扮演一辈子的小丑。

琐碎的工作一忙起来，将近一天，我连看张图纸的机会都没有。

可我心里高兴，干起来也特别有劲儿，只是头晕乎乎的。

临近下班，胡姗姗跑到海容办公室，找她闲聊，我刚好也在里面帮海容整理竞标资料。胡姗姗进来时，若有似无地睨我一眼之后，彻底把我当隐形人，和海容肆无忌惮地聊了起来。

御姐就是御姐，我被她看得没来由地心虚，赶紧埋头工作。也不知道怎么，他们聊着聊着，居然聊到老雷身上去了，我谨记早晨出门时老雷的一番交代，开启监听模式。

海容说："我觉得你上午做得有点过分了，我看他好像挺有诚意的，给人家一个机会也没什么不好的。"

还是我们海容善解人意，相反，胡姗姗的口气那是相当不善："这些臭男人，没一个好东西。"

伤我男性尊严了，我抬起头严厉地看向胡姗姗，她也理直气壮地与我对峙起来。海容似乎更倾向于站在我这边，对她说："姗姗，何必呢。该放下的，总归是要放下的。"

胡姗姗的脸色一下变得很难看，她冷哼一声，迅速起身，还没走到门口，一个脑袋从门外探进来，表情诡异："胡总监，楼下好像在跟您表白，您抽空看看？"

我和海容都没听明白，对视摇头，只听见胡姗姗低嗔着走到窗边："又是那个臭男人！还没遇到过这么难缠的人呢！"

一语点醒梦中人。和海容一起走到窗口往下望去，我一眼就看见集团大楼前，站着一个装扮成灰太狼的人形偶，双手高举一个红色小条幅，上书五个大字：姗姗，我爱你。旁边地上搁着个手机，循环播放那首三俗歌曲——《嫁人要嫁灰太狼》。声音之大，想必手机是山寨的。

看热闹的路人围成了一大圈，他不仅不害臊反而放得更开，和着音乐的节奏扭动起屁股，手里的小条幅挥得热情洋溢。周围有好事的人带头鼓掌，他就越扭越欢，越扭越美。

能干出如此丧心病狂的事的人，我想，除了雷仁，世界之大也再找不出第二个。

老雷这阵势，功力非同一般，海容看得直乐，被油盐不进的胡姗姗瞪了一眼，忙捂嘴噤声。灭绝师太的功力也非同一般，面无表情的脸看不出一点破绽。她没有发表任何言论，大步出门。海容朝我点头示意，我们随后紧紧跟上。

走出集团大楼，老雷一见胡姗姗出来，立刻站定，将红色小条幅举在胸前。我跟在胡姗姗后面，都能感觉到她“灭绝师太”的强大气场，虽然老雷是副“灰太狼”扮相，我却越发觉得他像视死如归的猛士。

胡姗姗快步走到老雷面前，看也不看他手里的表白条幅，直接从兜里摸出一个打火机，在老雷面前打燃，晃了晃，点在了条幅上。腾起的火苗迅速将条幅烧成两半，几乎快烧到老雷的手指头了，他才反应过来，赶紧丢掉。

胡姗姗看着他狼狈的动作，自始至终没有说一句话。然后，她走到一边，抬起尖利的高跟鞋，一脚踩爆依然欢唱的手机，决然转身离去。

“你站住！”

摘下灰太狼头罩的老雷已是满头大汗、气喘吁吁，样子比他刚才的动作还要狼狈，声音却洪亮有力，威慑力十足。胡姗姗真的站住了，但没有回身。老雷丢掉头罩，臃肿的身体迈着坚定的步伐走到胡姗姗面前。

“你说你不相信我是真心的，我就做给你看。你有必要这么无情吗？”

胡姗姗冷眼相对，依然一言不发。

老雷总说自己太无敌，所以寂寞，其实，我觉得他是一个害怕寂寞的男人。虽然他泡妞无数，但基本都是些热情如火的妞儿，根本不知道寂寞是什么玩意儿，他自然也不会寂寞。遇到胡姗姗这样的冷暴力，老雷不一定受得了。果然，他有点急了，变得口无遮拦起来。

“难道你打算一辈子不让人爱，一辈子一个人过啊？”

胡姗姗冷笑：“一个人一辈子，也好过跟个浑蛋过。”

“我不是浑蛋！”

“你是男人吗？”

“是啊！”

“那你就是浑蛋。”

老雷愣了会儿，冷不丁笑了，也挺阴森森的：“好，我就是混蛋。你看着，我还能干出更混蛋的事。”说完，他一把抱住胡姗姗，亲了下去。

这兄弟太爷们儿了，我陈远恐怕一辈子也赶不上。我身边的海容倒抽了一口凉气，下意识地紧紧抓住我的胳膊。兄弟太够意思了，我希望这个吻能持续得久一点。

实际上，这个强盗之吻大概只持续了三秒钟，老雷就被胡姗姗的高跟鞋踩得跟刚才的山寨手机一样欢腾，抱着脚原地乱跳。

“你跟我走！”胡姗姗拼命抹了抹嘴，狠狠地对他说。

成功偷腥的老雷反倒开始耍赖：“我不走，你先告诉我去哪儿。”

“墓地！”

啊？墓地！灭绝师太不会是气急攻心，打算杀人灭口，就地掩埋吧。老雷也发懵，不知道该说什么。

迅速反客为主的胡姗姗先迈出步子，挑衅道：“怎么，不敢去？”

“去就去！”

老雷中计了！作为兄弟的我不能眼看他小命不保，见死不救啊，但我要一跟上去，海容她们保准就能看出来我们是一伙的，计划就全盘失败了。

一边是兄弟，一边是女神；一边是道义，一边是爱情。左右为难，不知如何是好。老雷他们已经上了辆出租，我一回身，海容正在旁边接电话，也是神情焦虑，只能先等她打完电话。

很快，她挂断电话，急急地对我说：“我家里有点急事，需要马上赶回去。但我实在放心不下姗姗，能不能麻烦你帮我过去看看。”

海容在我心里本来就略占上风，她现在又显得格外忧虑，我其实更想问清楚怎么回事，然后坚持陪她一起回去。忍了又忍，我终究没有问出口，答应了她的要求，接着说：“我把手机号留给你，行吗？如果需要我帮忙，务必打给我。”

她点头，记下号码，来不及说再见，便向地下停车场走去。我也忙打车往墓地赶，心想，这俩是绝对的人物，干什么都能惊天动地！

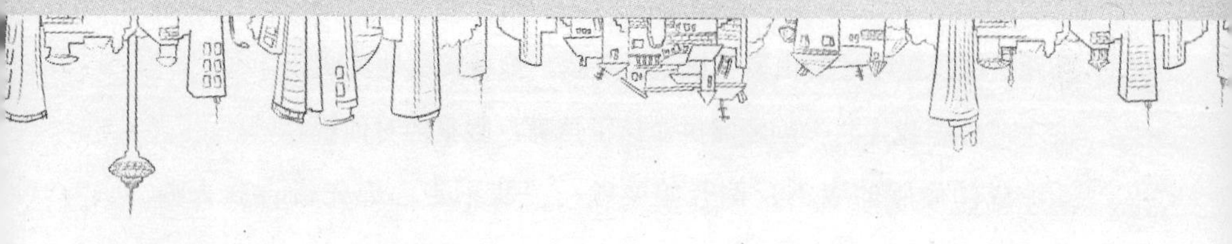

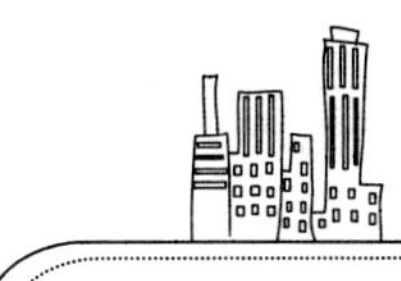

Chapter 06

谈谈心，恋恋爱

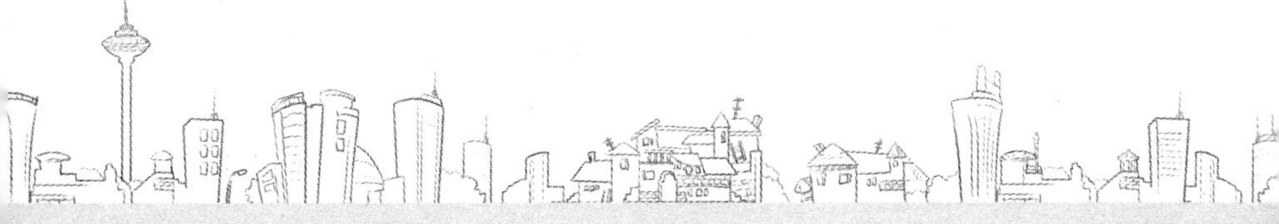

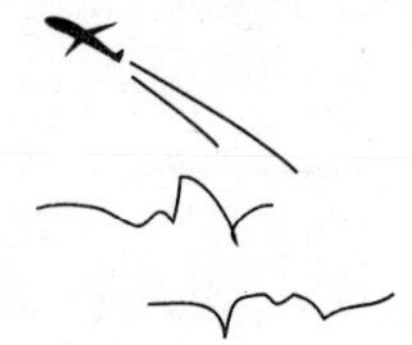

赶到墓地，找了一会儿，我在一个略微偏僻的角落发现了老雷和胡姗姗。我不敢靠得太近，悄悄蹲到一道墓碑后面，念了好几遍阿弥陀佛，道了好几声歉，才探出头仔细看过去。

他们静静地站在一块墓碑前，一言不发，气氛压抑。碑前有一束半枯萎的菊花，看来是经常有人来祭拜。

胡姗姗突然指着墓碑上的照片，清冷地对老雷说："你知道我为什么不相信男人吗？为什么说你们都是浑蛋吗？好，我现在就告诉你，这里躺着的是我妈妈。你知道她是怎么死的吗？"她顿了顿，艰难又愤恨地说，"是因为我爸。"

老雷一下肃然了，站得端正而笔直。

"那句话说得好，'男人有钱就变坏'，我爸绝对是个中典型。有了钱了，养得起女人了，回来还和我妈打架，要跟她离婚。我妈不答应，他居然带着所有的钱跟那个女人跑了。我妈就开始找他，满世界找他，甚至把房子都卖了，郁结成疾，最后因为心脏病突发去世了。你知道我妈死在哪儿吗？一间破烂的小旅馆里，很久才被人发现，我甚至连她最后一眼都没有看到！"

这应该是一段很痛苦的回忆，胡姗姗几乎是没有任何停顿地说出来，却一滴眼泪也没有流，神情漠然，比起流泪更可怕。

“对不起。”老雷歉疚地道声歉，理智地帮她分析，“应该是你父母的感情已经破裂，而你妈妈又不愿意离婚，你爸才会和那个女人私奔的。其实，这事也不能完全怪你爸呀。”

胡姗姗猛地抬起头看向老雷，一步步向他逼近：“就算我爸是因为和我妈感情破裂而离家出走，这么多年过去了，我也能理解。可我呢？我是他女儿，我有什么错？二十年了，他都没有回来看过我一次！他心里有我吗？他还记不记得他有我这个女儿？”

老雷哑然，无话可说。胡姗姗终于哭了，原来这才是她的最痛处。她濒临崩溃，指着老雷的鼻子，怒骂发泄：“这就是你们男人！都是浑蛋！我爸是浑蛋！你也是浑蛋！”

我们终究是男人，出于本性要为自己辩护。老雷一把握住她的手：“姗姗，我觉得你不能这么骂你爸。你爸他心里肯定有你，他不回来看你，肯定是有他的苦衷。”

胡姗姗用力挣脱开：“他就不配当我爸！”

“他生你养你，心里怎么可能没有你？”

“那这二十年，他去了哪里？心里有我，为什么不来找我？”

胡姗姗的质问，再次让老雷哑口无言。她抹去眼泪，冷冷盯着老雷：“我连我的亲生爸爸都不相信，我会相信你吗？”

最亲的人都不相信，凭什么要相信已经骗过她一次的他？老雷大概是这样想的，才再没有了平时的口若悬河，无奈地摇摇头，转身离开。

"滚远点！离我的生活远一点！"胡姗姗冲着老雷的背影大喊，蹲下放声大哭。

我不知道该不该上前去安慰胡姗姗，但即使我去了，可能也说不出真正能安慰人的话。女人为什么总爱为一些早过去的再也无法改变的事情纠结呢？而且还是些想一次就难过一次的事情。最无法理解的是，她们还喜欢把过去的事和现在的事混为一谈，相提并论。她不是她妈妈，老雷也不是她爸爸，年代不一样，性格不一样，走的路也肯定不会一样。这么执著于过去，对她自己不公平，对老雷不公平，对我也不公平——让我错失了陪伴海容的良机。

胡姗姗哭够了，站起来擦掉眼泪，又恢复了灭绝师太的原形。我不得不承认，她非常坚强，应该不会去做海容所担心的事，但我还是按照海容的要求，保持距离地将她目送回家，决定再去看看老雷。

刚走到餐厅门口，手机响了，屏幕上显示是海容。其实神通广大的老雷老早就帮我调查到了海容的私人号码。我一直存在手机里，只会看，不会打。有时候看得入神了，还会产生手机振动、她的名字闪烁的幻觉。

偶尔我会想，思想上对海容太疯魔应该不是件好事。老雷不屑，说男人本性如此，"好色而淫"，无伤大雅。我认为他说得对。

"陈远，今天谢谢你。我刚去看过姗姗，她的情绪有点糟糕。"

"不客气。"她的声音听起来也很疲惫，欲言又止的感觉，我不自觉地问，"你还好吧？家里的事处理好了吗？"

"嗯。"

一个"嗯"字，什么意思？老雷常说，女人总爱讲一些无意义的词汇表达她们拐弯抹角的情绪。她问你“我美不美”，通常是希望你告诉她，你很爱她。她说某个女人好瘦啊，其实只是等你称赞她更瘦更曼妙。我靠，这也太深奥了，猜字谜呢吧。可他说简单，跳过这句废话，直接从上一句推理保准没错。

海容说胡姗姗情绪糟糕，是不是她的情绪也受了影响？所以，身为一个对海容经常性有想法的男人，我大胆地问道：“需不需要我陪你走走？也许会好一点。”

手机那头的海容犹豫了片刻：“好，我在航母公园。”

我马不停蹄地说好，赶往航母公园。夜幕降临，公园绝对是个适合偷鸡摸狗的好去处，小情侣三四五六对。我目不斜视地奔跑，最后在路灯下的一处长椅找到海容，她一个人静静坐在那里，头低垂。我平稳呼吸，慢慢走近她，自然地轻喊出她的名字：“海容。”

她立刻抬起头，对我微微笑，很美，美得我都忘记了产生别的想法。海容拍拍她身边的空位，示意我坐下。我照办，非常正人君子地和她保持有一拳的距离。

“陈远，谢谢你能过来。”她转头看我，轻轻撩开被海风吹起的发丝，“也谢谢你帮我的忙。”

我欲成风，拂她脸颊，呆了几秒，才忙说：“你太客气了。她没事就好。”

海容似乎没有注意到我的失态，垂下眼帘盯着地上我们的影子，慢慢开口：“我和姗姗很小就认识了，她比我大几岁。那时，她家境不是很好，可她过得很快乐，能为一个她爸妈送的塑料娃娃高兴好久，拿到我面前不停炫耀。

“后来，她家的经济状况渐渐好了起来，她却变得沉默寡言，笑容也变少了。有一次，我去她家找她玩，不小心撞见她爸妈在打架，很激烈。姗姗抱着她心爱的娃娃拉着我出门，我永远都记得她那双惊恐的眼睛，像是看到了世界末日。她哭着告诉我，她爸爸有了外遇，想离婚，但她妈妈不肯，所以每天打打闹闹，根本不管她，不在乎她的感受。她还求我帮她保密，她怕会被同学笑话。

“再后来，她很久没来上课，我才得知她妈妈去世了，因为她不负责任的爸爸。我去看她，看她站在她妈妈的遗像前，精神恍惚，眼泪不断，任谁叫她都不理。我只觉得她好可怜好可怜，可自己当时年纪太小，根本不懂得安慰她。

“很多年以后，我们再次见面，她已经变成了现在这个样子，独立果敢的职业女性。不要说爱情，她其实什么都不相信，只相信她自己。有时候站在她的角度想一想，经历了背叛抛弃，换作我，还能不能相信男人、相信爱情呢？”

这样的夜，这样的她，说着别人的悠悠往事，我根本无法专注在她所讲的内容里。胡姗姗关我何事，只要海容一直坐在我身边，对我温柔细语就好。我等这样两人单独相处的机会等了有多久、梦了有多少次，此时此刻，全部都值得了、无憾了。

“陈远？”

我如梦初醒，高声道：“在！”

“请你站在男人的角度，回答我，你们到底值不值得信任？”

我很想理直气壮地告诉她，我值得她信任。可一旦说了，我等于又跳进了另一个谎言里。而我已经套牢在老雷为我制订的追求方案里，撒了不知道多少个谎，撇也撇不清。要换成老雷，他一定可以面不改色地将谎言进行到底。可我是陈远，是老雷他们口中的技术系宅男、都市苦行僧，心中的女神海容正等待着我的答案。一鼓作气，我决定实话实说："其实……"突然胸口一阵气闷，我猛地咳嗽起来。

"你怎么了？"海容抓住我的胳膊，急切地问。

我嗓子眼痒得厉害，完全说不出话，只能朝她摆手。她的手忽然摸上我额头，惊讶地说："你在发烧！"

我赶紧也摸上自己的脑袋，幸运地覆在她还来不及收回的手背上。她连忙抽手，我嘿嘿傻笑，感觉到额头果然烫得厉害。肯定是周五在海边吹风，又通宵做设计，一直处于亢奋状态，才没注意已经被感冒病毒潜伏入侵了。

极力止住咳嗽，我说没事，她却只当没听见，拉我起来："不能再吹风了，我送你回家，路上顺便买点退烧药。"

突然而至的发烧遭遇突然而至的关怀，两者效果都一样，我整个人都昏了，顺从地跟着她，被她手挽着向前走。最好这条路没有尽头，我们永远也走不完。

坐在24小时营业的药店里，我半迷蒙着眼睛，看海容站在柜台边，仔细地向店员询问该为我买哪种退烧药，觉得如果有幸能娶到她，我肯定会偷乐一辈子，梦里都会笑醒。那个马达绝对是个睁眼瞎，这么好的姑娘都舍得放弃。不过还好他放弃了，不然哪儿轮得上我啊！这样想着，我稀里糊涂地又乐起来了。

"陈远，你没事吧？笑什么？"

海容的声音近在耳边，我定神一看，她就站在我面前。我摇头忙说没什么，她笑着来扶我："走，我送你回家。"

嘴边的"好"字几乎脱口而出，我蓦然惊醒，想起家里墙上还满挂着她的照片，便一个劲儿说不用了，反复强调自己身强力壮，吃药睡一觉肯定好透，又说自己家是猪窝，见不得人。海容这才作罢，但仍坚持把我送到楼下。

走进电梯，我又走出来，攥着海容买给我的药，目送她背影消失在夜幕中。这种幸福的感觉基本上和发烧烧糊涂脑袋一样，虚虚实实，飘飘忽忽。

虽然那天晚上，海容入情生动地对我讲述了胡姗姗那段悲催的童年经历，但我当下正同时被情流感菌和流感病菌双双攻陷，基本没听得多真切，也记不太清楚。用力回忆了很久，才隐约想起什么塑料娃娃，什么世界末日，好可怜好可怜等一些无关紧要的细节，但一说给老雷听，他当机立断，决定替胡姗姗找到她那坑爹的爹。

从那以后，我每次去餐厅办公室，他都是以一副一筹莫展的苦逼样示人。我今天想找他咨询咨询进一步的行动计划，见他靠在老板椅里，手里拿张照片抽着闷烟，就作罢了。

我走到办公桌旁边，问："怎么，还是没有一点消息啊？"

老雷把手里那张胡姗姗一家的合影照往桌上一放，指着泛黄的胡姗姗父亲，懊恼地说："我都已经发动了我所有的关系，挖地三尺找他，居然还找不到！"

"我说老雷，你至于吗？"明明胡姗姗已经让他滚远了，他也确实滚远了，何必再较这个真呢。

"怎么不至于！"老雷眉毛一斜，一拍桌子站起来，"我就不相信，这世界上还有这么无情无义的男人，这么无情无义的父亲！"

"怎么没有！"我也斜起眉头调侃他，"老雷，你当初跟你那些个前女友分手的时候，不是挺无情无义的嘛。”

“这能一样吗？我向来都是好聚好散，玩得起，咱们就玩，玩不起，咱们就撤，这才叫有情有义，好不好？”

“那个灭绝师太明明就是玩不起的人，你为什么还不撤、还不放弃？”我拿起桌上的照片，作势要丢进垃圾桶，他像宝贝被人抢了似的一下夺回去，揣进兜里。见他这稀罕劲儿，我接着问，“你不会是真喜欢上这位御姐了吧？”

“我？喜欢她？”老雷指着自己的鼻子，撇嘴强硬道，“不可能！”

我只笑，没说话。所谓“当局者迷”，身为旁观者，我第一次觉得自己比老雷思路清晰。他被我笑得很不自在，立刻转移话题，

“看来你最近是春风得意，和林海容的关系发展得很顺利呀。”

我从善如流地点点头。自从海容给我买了退烧药之后，我们的关系似乎也随即升温。我买了一盆小仙人掌大胆地送给她作为答谢，她没有拒绝，反倒爽快地收下。而且，我发现，在工作之余，她喜欢拿起仙人掌盯着看，看着看着就会心地笑了。她一高兴，我胆子就更大了，遇到她加班，我会准备一盒小点心放在她桌子上。在收到她的短信，告诉我点心很好吃的时候，我都恨不得买下整家点心店送给她。

到目前为止，只有一件事让我非常犹豫。我一直很想把自己的金融中心设计稿拿给她看，征求她的意见，但迟迟下不了决心。一来，做设计的都知道，如果在创作构思期间看了别人的设计，无形中或多或少都会影响自己的灵感。二来，海容已经是国际知名的设计师，我担心自己的设计不够好，在她面前露怯。这样的想法和高中的时候一模一样，总觉得自己学习不够好，不够突出到可以引起她的注意，结

果她先被马达注意走了。

不过前两天，我外出办事回来，好像看到她在我的电脑前待了会儿。她有没有看到我电脑里的设计图我不知道，即使看了，她也没有发表任何看法，不会是我的设计烂到她连说点什么的欲望都没有了吧？

“唉——”

我长叹一口气，想想自己是不是太着急了，希望海容既认同我这个人，又认同我的工作，谈何容易。老雷问我怎么了，手机突然响起来。他接通电话，只听不说，没多久脸色就变了，挂断电话催我出门。

一路上他车开得飞快，好几次差点闯红灯，我怕死在他的方向盘下，什么也不敢问。直到一个急刹，车停在某派出所前。门口有庄严的警车，墙上有庄严的警徽，还有庄严的警察出出进进，我人也立刻庄严了，一言不发地跟在老雷后面走进去。

没走两步，就看见靠墙边蹲着俩熟人。琪琪和胡杰以“国民罪人”的低姿态乖乖窝着，看我们进来，跟见了救星似的，眼睛放光。正要起身，对面一胖警察严厉地喝了句“老实待着”，他们立马缩了回去。老雷端着笑容，走到胖警察身边寒暄两句，跟他进了另一个房间。

我来到琪琪和胡杰身边，低声问：“犯事儿了？还是犯错误了？”

琪琪没好气地白我一眼，不想说话。胡杰扒拉着我的手，哭丧道：“哥哥，你可得救救我们，我们是被冤枉的！老大让我们调查胡姗姗她爸爸的下落，我们就来到了她家的老房子附近，试试看能问到什么线索。什么没问着，我们想也不能白来一趟，正巧四下无人，就打算翻墙进她家的老房子看看。结果墙头爬到一半，全世界的人像一下子都钻出来了，非说我们是雌雄大盗，光天化日，私闯民宅。这不，我们就被……”

“你还好意思说！”琪琪扬声打断他的话，拿大眼睛狠狠瞪他，“本来将就着都糊弄过去了，你非要管人家警察要几十年前的居民户籍资料。你不知道那些资料不是咱们小老百姓能够随便查的吗？得，这回好了，你问东问西，解释不清了，糊弄过去的也被人起疑心了，差点把咱俩当间谍。话又说回来，有你这么笨的间谍吗？你还不得把自己都卖了！”

估计琪琪憋了满肚子的火没处发泄，全爆发在了胡杰身上。他被骂委屈了，怯怯地说：“我这不也是想，好不容易进趟派出所，不能空手而归嘛。”

琪琪冷哼一声，“是，免费送你两顿牢饭，你就觉得值了。”

“你们又吵吵什么！”老雷跟在胖警察后面走出来，喝止住俩人，手往对面墙上的横幅一指，“没看见上面写着‘保持安静’嘛！都怪我平时没好好加强对你们的思想教育，才敢跑来给人民公仆添麻烦。愣着干吗，还不赶紧道歉！”

琪琪胡杰闻言急忙起身，行着九十度的鞠躬礼，忙不迭地说：“对不起，给你们添麻烦了，下次再也不敢了……”

“好啦好啦，”胖警察一摆手，慢慢悠悠地道，“念你们是初犯，也没对群众财产和生命安全造成不良影响，也就不留案底了，都回去吧。”说完，转身走出两步，又回过头，“回去加强学习啊！”

我们四人同时说好，同时行礼，一个鞠躬，一个作揖，一个跪安，一个军礼，把胖警察给逗乐了，笑着走进房间。

从派出所出来，坐回车里，老雷神神秘秘地说："知道为什么差点不放你们吗？"

琪琪和胡杰不解，摇摇头。

"又是翻墙，又是要查户籍资料，说话还含含糊糊的，人家警察以为你们是暗访的记者，来曝光他们的日常工作情况呢，能轻易放了你们吗？"

他俩一听，不约而同地做了个"好险"的表情，同声说："不用再找人了吧？"

老雷随即道："找！当然要找！"

"哎呀，这怎么找呀！"琪琪发起牢骚，怨声载道，"都那么多年了，连他老婆孩子都不知道他去了什么地方，你让我们怎么找啊？"

"他是个人，又不是个物件，怎么可能找不到呢？"

"万一他整容了呢？"琪琪不死心地问。

老雷一脸的不悦："嗯，对，去韩国整容了。"

"万一他要死了呢？"胡杰接着追问。

"好人不长寿，祸害活千年。这种人少心没肺的，不会那么轻易就死了。"

我想了想，说："如果他还有点良心，懂得内疚的话，应该会去墓地祭拜胡姗姗的母亲。你们要实在找不到线索，可以去墓园守株待兔，说不定会有收获。"

说完，他们动作一致地转看向我，包括正在开车的老雷，眼里全是惊讶的神色。老雷说："行啊你，陈远。认识你这么久，第一次听你提出这么有建设性的建议，可以采纳。"

胡杰的脸都绿了，"不是说真的吧？！那地方阴气重，我这要被吓出个好歹来，算工伤吗？"

琪琪阴笑着冲他勾勾手指，"来来来，我告诉你。你要是穿上上次那身白裙子，戴上假发，不定谁吓谁呢！"

"啊！"胡杰尖叫一声抱住近在眼前的琪琪，撒娇道，"琪琪，人家好怕怕啊！"

"老雷。"琪琪没反抗，一本正经地说，"调头回派出所，我要告他性骚扰。"

如果我和海容是人与影，那么老雷和胡姗姗就是对峙的孤兽，而胡杰和琪琪则是欢喜冤家。原来，爱情与爱情之间不一样，究竟是性格决定爱情，还是爱情改变性格，谁知道？

这几天，老雷寻找胡姗姗父亲的工作未见起色，我和海容的关系也好像停滞不前了。可能因为截标日期日益临近，整个公司的气氛都变得紧张起来，连海容也天天加班，忙得不可开交。不知道她的设计工作进展如何，我经常看见她站在响螺湾沙盘前沉思，眉头紧锁。好几次有把自己的设计拿给她看的冲动，最后还是忍住了。

盯着电脑屏幕上基本成型的设计稿，我移动鼠标，考虑是否干脆彻底删除，丢掉烦恼。反正以我现在的职位，也没资格参加公司内的选拔，更不要说索斯洛克的全球竞标。

光标在确定删除的按钮上移来移去，我没法狠下决心。这个设计源于我对海容的爱，我怎么都舍不得，好像一删就连带删除了我对她的情谊。正犹犹豫豫，桌上的电话响了，显示是海容的内线。我往她紧闭的办公室看了一眼，接起电话。

“陈远，我办公室的电脑好像出了点问题。你方便的话，能进来帮我看看吗？”

“好。”

离开座位，走到海容办公室前敲门进屋，没想到海容的老师史密斯先生也在。他们坐在一边的沙发上，似乎正在聊天。我和他简单问好，海容起身走到办公桌边，示意我坐过去：“麻烦你帮我看看怎么回事，电脑响应很慢，我本来有些资料想拿给老师看的，一直打不开。”

“好的，我先看看。”

海容坐回史密斯身边，我坐到电脑前，简单检查了一下，应该只是中了蠕虫病毒，杀毒就可以解决。打开软件查杀病毒，等待的过程很无聊，我忽然听见他们聊起设计竞标的事，不自觉地被吸引了过去。

海容看似随意地问史密斯：“老师，你觉得这次金融中心的设计重点在哪里？”

“哈哈哈——”史密斯先生爽朗地大笑，像开玩笑似的道，“我的孩子，不要忘记我们现在可是竞争对手。关于设计的话题，还是不谈为妙。”

海容也笑了：“老师，你不会认为这样的探讨就能影响我们各自的设计和未来的命运吧？我记得你曾经说过，竞争是设计者灵感的动力。有时候对手间的探讨也可以视为一种竞争，不是吗？”

“不愧是我最好的学生。海容，你认为这次金融中心的设计重点在哪儿？”老谋深算的史密斯夸奖完海容，又把难题抛还给她。

海容略作思考，慢慢说道：“我认为，索斯银行投建索斯洛克金融中心，之所以会选择响螺湾，不仅仅是因为响螺湾未来良好的发展前景，也因为响螺湾是一座很好地融合了时代感与历史感的城市。临海环山，未被破坏的美丽自然风光和古韵感十足的丰富人文景观，都是她独特的魅力所在。所以，我认为设计重点应该放在她的独特之处，设计一座能完美展现响螺湾的气质风韵、能与之交相辉映的金融中心。”

不知道是不是我的自作多情，我总觉得海容字里行间提到的都是我自己的设计理念——一座独具响螺湾特色的金融中心。可能因为海容也是本地人，对响螺湾同样很有感情，才会产生和我类似的设计灵感。

“你说得很好，也很正确。”史密斯频频点头，向海容投去赞许的目光，稍稍停顿，认真地对她说，“可是孩子，你不要忘了，你不仅仅是一名设计师，同时也是一名服务者，为你的客户服务。现在你的客户是索斯银行，一家拥有百年历史的美国银行。虽然他们的分行遍布全球，不同国籍的员工成千上万，但意识形态和思维方式的差异仍然是存在的。响螺湾固然有她的独特之处，但你能不能用一种最包容最简洁的设计将其体现出来，使你的客户能够理解，并且最终接受认同，这才是问题的关键。”

海容沉默了，我也沉默了，开始反思自己的设计。因为太爱响螺湾，太想让别人看见她的美，我固步自封地站在一个土生土长的本地设计师的角度，直抒胸臆，居然犯了个大错误，忘记了考虑这座金融中心真正的主人——索斯银行的诉求和意愿。

我很庆幸，能坐在这里听到海容和史密斯先生的对话。听到设计界的后起之秀和全世界最伟大设计师的交流，让我受益匪浅。

“老师，我认为还有一点非常重要，那就是绿色设计概念的引入和环保型材料的使用。响螺湾城市建设秉承绿色环保、节能低碳的建设理念，目标是建设一座人文亲和、生态宜居的现代化城市。这两点也将成为城市规划相关部门在进行竞标设计投票时，着重考虑的因素。”

“没有错。这是全球设计发展的一个总体趋势，也是你们中国政府近几年极力倡导的，更是衡量一个设计方案是否能脱颖而出的关键细节。”

海容笑着感谢老师的直言不讳，同时若有似无地朝我看了一眼，我忙将视线转移到电脑上。霎时灵光一闪：海容该不会是故意安排我进办公室听她和老师之间的这一番交谈吧？她难道是在不着痕迹地故意帮我？

可能吗？我不知道，再次看向海容，她已经和史密斯走到门口，回头看似随意地对我交代：“电脑修好以后，麻烦你再帮我看看桌面上的文件夹，试试里面所有的文件能不能够顺利打开。谢谢。”

我点头说好，她轻轻一笑，带上了门。病毒很快被清除了，我更加笃定刚才的想法，迫不及待地打开文件夹求证。果然，里面全是和这次设计竞标相关的信息，还有海容细心收集的有关索斯银行的内部资料，包括它全球各家分行的设计图纸。

海容一定是考虑到我作为一名设计师和一个男人的尊严与骄傲，才如此用心良苦。我一边感叹她的心思缜密，一边又庆幸自己没有过早地对她剖白真相，突然发现最后一个文档的名字很有趣：请你点开我。我好奇地点开，弹出一行黑字“我不介意把好东西与你分享”，后面还有一个大笑脸，好像海容在对我顽皮地笑。

我盯着屏幕，也不自觉地笑了。海容，我陈远一辈子也不会放弃你。

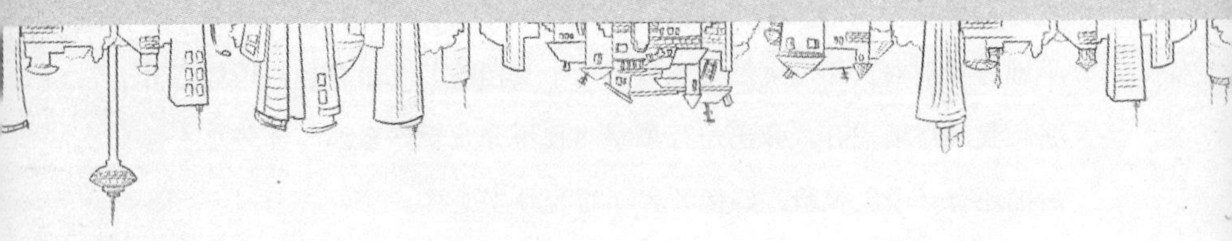

Chapter 07

天上掉馅饼

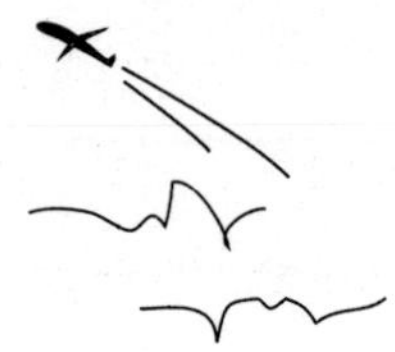

从海容那里得到启发，我的设计激情来得排山倒海，像吃了蓝色小药丸，却又被突然到访的老雷强拉着去喝闷酒。激情勃起了，无法用笔疏泄，我看着墙上的时钟转过一圈又一圈，开始考虑要不要直接把老雷灌醉丢出去。

他这几天为了胡姗姗的事急得焦头烂额，坚决不相信在这个世界上还有他老雷找不到的人。心情一郁闷，两三杯二锅头下肚，说起话来也憋屈得厉害。

“陈远，你是我兄弟，你告诉我，胡姗姗那个灭绝师太，她究竟好在哪儿？值得我雷仁为她操心操肺？”

他眼神飘忽，看不出几分醉、几分醒。我一门心思都在设计上，张口道：“人长得漂亮，身材火辣。”

“放屁！”他一撂酒杯，拍着胸脯说，“我老雷什么样的美女没见过！论长相，她比不上过气小明星；论身材，能落三流模特好几条街。你别糊弄我，老实说！”

趁着从他手里拿下杯子，再斟满酒递给他的工夫，我草草一想，说：“因为她别具一格的内在美深深吸引了你，你追过的美女太多，但没追过灭绝师太，所以沉迷了。”

“她有内在美吗？”他好像把内在美当成了个物件，满屋子乱踅摸，意外地道，“我怎么没发现？”

“因为你以前的所有恋爱都在没来得及发现姑娘的内在美前就已经结束了。老雷，你不觉得，你用在胡姗姗身上的心思是有史以来最多最久的一次吗？”

他端起酒杯的手又放下，拧着眉头用吃奶的劲儿想了很久，缓缓点头：“好像是。这是为什么呢？”

拿起个空杯子满上酒，我亲手送到他面前：“你需要喝点酒，理清一下思路，我不打扰你，你慢慢琢磨。时间还早，你也可以睡一觉，做个有启发性的梦。”

我刚抬屁股走人，背后响起酒杯砸在桌面上的哐当一声，随即老雷大喝，“你站住！”我回头，老雷掏出手机乱按起来，嘴里嘀咕道，“海容电话多少来着？故事太长，从哪儿说起好呢？就从某人当清洁工的那天开始吧。”

算你狠！我咬着后槽牙，乖乖坐到老雷对面，先给自己倒了一杯酒，消消火。烈酒下肚，我也想明白了，这厮今天不问出个所以然来是不会消停的。他真该找面镜子好好照照，现在这样要不是为情所困，我陈远的脑袋就剁下来给他当球踢。

或者我们永远只能在别人的爱情里当智者，在自己爱情里当愚人。

“老雷，你是聪明一世，糊涂一时。为什么？因为你爱上胡姗姗了呗。”

“不可能！”他反应极大，像是听到“当了几十年老爷们，突然被医学界划到女人那一拨”一样震惊。

我无语了，问向他：“那你告诉我为什么。”

“因为我得不到，所以更想要。”

“林志玲你还得不到呢，你想要吗？”

“因为找她父亲这件事太具有挑战性了，激起了我求胜的欲望。”

“琪琪的幸运项链也离奇失踪很久了，也挺有挑战性的，你有兴趣吗？”

老雷再无理可讲，对自己产生怀疑了，又一拍脑门，奋起道：“我知道了。因为她是林海容的左右护法，我全都是为了给你扫清障碍。这就是最初的动机，一直都是啊！”

“好，老雷。”我没见过较起劲来拧巴成他这样的，严肃地看向他，“如果我现在对你说，不再需要你帮我扫清胡姗姗这个障碍，请你罢手，别去招惹她，该干什么干什么去，你愿意吗？”

他下意识地摇头，虚荣心作祟又不停点头，劲儿一时用得太猛，人都晕了。他晃着脑袋，拿起酒杯一饮而尽，被上头的酒精一刺激，好像真清醒了，沉下一张脸问我：“莫非我真的爱上她了。”

我肯定地点点头。

他放下酒杯走过来，紧贴我坐下：“陈远，你快告诉我，爱上一个人是什么感觉？让我也找找感觉。”

他离我太近，我的感觉很不好，忙起身坐到他刚才的位置，面对面和他拉远距离才舒服点。心里想着海容，我对他说：

“是一种想在她面前表现得非常完美的感觉。”不管是言行谈吐还是工作生活，我都希望能让海容看到最好的一面。

“嗯，好像有点。还有呢？”他估计想的是他的粉西装和灰太狼。

“是一种看到她就有性冲动，又克制性冲动的感觉。”海容的每一次微笑，每一个动作，都像在考验我的意志力。

“嗯，有道理。还有呢？”他可能想到了他那个大庭广众之下没能克制住的吻。

“是一种天天都想见到她，无时无刻不在想她的感觉。”比如我的现在。

“嗯，没错。”比如他的此刻。

我一锤定音地笃定道：“由此可证，老雷你沦陷了，无可救药地爱上胡姗姗了。”

他没立即接话，皱起眉头说，你容我再想想。我问他，可不可以容他单独想想。他看都不看我，不耐烦地挥挥手。

总算把这位爷伺候好了，我站起来走向工作室，没迈出两步，门铃响了。我窝火地问是谁，琪琪和胡杰在外面使劲嚷嚷“快开门”，我的门都快被他们敲烂了。

打开门，他们弓腰驼背地走进来，愁眉苦脸，跟俩扫把似的径自挪到沙发前，一边一个躺倒下去。也不知道想清楚没有的老雷，作为老板，完全暴露出“吃人不吐骨头”的血腥本性，也不管他们有多累，紧张兮兮地问：“怎么样？怎么样？是不是有什么线索了？”

琪琪已经累得闭上了眼睛，再懒得说话，踢踢胡杰的腿肚子，接着装死。胡杰挣扎着从沙发里坐起来，见桌上有酒，忙倒上一杯，嘬了一小口，心满意足地回味了一番。这又把老雷给惹急了，劈头盖脸地骂道："你大爷的，你这是拍广告呢？还不快说！"

胡杰一挺身："我大爷在东北！"见老雷一瞪眼，立马软了下去，"老大，这次的任务简直是大海捞针哪！能找的地方都找遍了，能问的人也都问过了，一点儿消息没有。他该不会是真的死了吧？"

"活要见人，死要见尸。明天你们就去给我在墓园守着。"老雷发狠道。

琪琪跟诈尸一样弹起来，摇头道："啊！盗墓啊？挖人坟可是折阳寿、损阴德的事情，我可不干。"

"我是让你们去墓园守着，看看有没有什么可疑的人去祭拜胡姗姗母亲。"

老雷咆哮完，接茬儿喝闷酒，思考爱与不爱的问题。琪琪和胡杰呼天抢地、鬼哭狼嚎完，接茬儿躺倒，呼呼大睡。

我倍感安慰，终于安静下来，可以修改设计稿了，没想到依然没走两步，门铃又响了。我的怒气噌的一下蹿了上来，高喊道："是谁啊！"

门外敲门声戛然而止，又等了一会儿："陈远，我是林海容。"

什么？海容！

屋子顿时像被投了枚炸弹，老雷、琪琪、胡杰被炸得三级跳蹦起来，都不敢说话，不敢做动作，你看看我，我看看你，傻眼了。还好老雷反应快，打手势示意他们躲起来。三个人当即蹑手蹑脚地各自散开，又不知道到底该躲哪儿。我忙边冲门口嚷嚷"稍等稍等"，边手忙脚乱地把他们推进不同的房间。

环顾眼瞬间空无一人的客厅，我接连深呼吸数次才走到门边，稍微整理下仪容后打开门。海容站在我对面，亭亭玉立，双瞳剪水，我紧张的情绪立刻一扫而空，笑嘻嘻地说："海容，不好意思，我刚才在厕所。"

她也低低地笑了，举起手里的一个点心盒："之前你给我买过，我觉得味道很好。今天刚巧看到这家店，就想买来和你一起吃。没提前给你打电话，是想给你个惊喜。"

我倚靠门框，嘿嘿干笑。惊喜！真是又惊又喜！

"怎么，不邀请我进去？"她偏头朝屋里望了一眼，略显失望地说，"不太方便吗？"

"方便，方便。"

我忙让开身请她进屋，海容走进来停住脚步，四周看了看，转回头问我："你这房子不错嘛，自己设计的？"不等我回答，又走向沙发。

"嗯？你一个人在喝酒？"她望着茶几上的酒瓶酒杯，好奇地问。

"我工作的时候，习惯喝点酒，思路会比较开阔。"我故作镇定地解释，想到她语气里好像有强调"一个人"三个字，接着补充道，"多放几个酒杯，感觉比较有气氛。"

她点头"哦"了一声，像开玩笑般评价道："真是个奇怪的习惯呀！"又不好意思地微微一笑，眨着眼睛问我，"你在工作吗？不耽误你吧？"

“不耽误，不耽误。”在我和她的相处里，怎么可能有“耽误”二字。

她满意地坐了下来，拍拍自己身边的位置：“那我们吃点心吧。”

我忙不迭地说好，坐到她身边。似乎因为是在自己家的原因，我贼胆也变大了，该保持一拳的距离也省略了，几乎和她像恋人一样挨坐在一起。

海容的手很白，手指圆润匀称。她打开纸盒，从里面拿起一块点心，递给我：“尝尝。”

我还没吃，已经觉得好幸福了。小心地接过来，更加不小心地碰到她柔滑的手指，又更加幸福。任凭我怎么臆想，也不会想到海容会主动来我家，给我买点心，递给我吃。如果她能喂我吃，那一定会更美妙。

“对了，你家有茶或者咖啡吗？我去冲，厨房在哪儿？”

海容站了起来，我猛醒，就在几分钟前琪琪刚被我推进厨房，立马指着茶几上的酒瓶说：“吃点心我喜欢就二锅头。你试试？”

她扑哧一笑，摇头坐下来：“真是个奇怪的爱好啊！”

孤男寡女，邀请姑娘喝烈酒是不道德的。我给自己倒杯酒，咬口点心，喝口酒，正想装出吃到美味佳肴的感觉，她抬头看向我，正经地开口问道：“陈远，你该不会是个酒鬼吧？”

“咳咳咳——”

二锅头裹着点心卡进喉咙，又辣又腻。我咳得有点剧烈，杯里的酒全溅了出来，洒在我的衣服上，逗得海容笑逐颜开，说自己是开玩笑的。四处找纸巾未果，她又站了起来：“厕所在哪儿？我去拿条毛巾帮你擦擦。”

她要真进了厕所，估计会被胡杰吓死。为避免事故，我也站了起来，用手胡乱抹了把衣服，转移话题：“有没有兴趣参观我的工作室？”

她眸光一亮：“好啊！”

可惜啊，老雷在我的卧室，让我痛失了一次邀请她参观我闺房的机会。用老雷的话说，估计是痛失一次邀她上床的机会。

推门走进工作室，我很欣慰自己很有先见之明地在上次发烧时海容执意送我回家之后，把墙上所有关于她的照片和剪报都收了起来。

海容轻“哇”了一声，说：“你的工作室看起来很专业嘛！”

在进滨海城建集团以前，我一直在做独立设计师。吃饭的玩意儿自然专业，可我不能直说，打马虎眼道：“随便弄弄，随便弄弄。海容。”

“嗯。”

从她身侧走到她对面，我喜欢她抬头看我的样子，睫毛翘翘的，眼神漾漾的，鼻尖挺挺的，红唇翘翘的，令人止不住地想一亲芳泽。

我收了收神，认真地说：“谢谢你。”

“什么？你在说什么呀？”她背着手，故意做出状态外的表情，巧笑倩兮，美目盼兮。

她太美了，我忍不住俯身，拉近我们的距离：“海容，我明白，那天听到你和史密斯的交谈其实是你故意安排的，是想给我设计上的启发和建议。”

她没有躲闪，眼睛一眨不眨地看着我，定定地说：“陈远，我觉得你是个很有天赋的设计师，不能被埋没了。”

“我不知道我有没有天赋，但我一直很努力。”在你看不到的地方，在我想得到的方向。没有说出口的话才是我的心里话，说出口的又好像在自夸。我挠挠头，不好意思地说，“没有你和史密斯的提点，我可能没办法看到我设计里的缺陷。”

她忽然一笑：“陈远，知道我为什么要帮你吗？”

因为你喜欢上我了啊，傻子才认为你是因为伯乐情怀。我说：“你希望给我这匹千里马一次发光的机会。”

她好像略有些失望地撇嘴，眼里的光彩暗了一暗，没有说话，我的心一下子就亮了。借由主场之利，我放大胆子试着向她靠近，近得她闭上了眼睛，近得我心跳加速。就在只差毫厘我便即将亲上梦寐以求的她的嘴唇之际，门外响起声闷响。她陡然睁开眼睛，我吓得僵在咫尺外的位置。

吻前最暧昧，吻时最缠绵，吻后最浪漫，将吻不吻最尴尬。我直接从暧昧跳到尴尬，变得有点不知所措。见她脸庞飞红，羞怯地移开视线看向门口，我暗暗自爽又假装无事地直起背，走到门口打开门，刚巧瞄见老雷他们消失在厨房里的猥琐背影。

用意念的拳脚捶胸顿足，我真后悔放这三个误事的玩意儿进家门。正琢磨怎么跟海容解释刚才的声响，海容已经走到我身旁，笑着说：“陈远，不早了，我先回去了，不耽误你做设计。”

迅速打消极力挽留她的念头，我点点头：“我送送你。”

“不用了，我又不是小孩儿。”

将海容送上电梯，我一回屋，老雷他们立刻像八卦记者一样围上来，又是往工作室乱指，又是不怀好意地偷笑，嘴里不停地问：“怎么样？怎么样？”

我平静地看着他们，说：“本来是可以怎么样的，但是你们在外面一怎么样，我就没法怎么样了，弄得我现在非常想把你们怎么样！”

“啊？到底是怎么样啊？”

我脸都拉下来了，眉毛也竖起来了，没眼力见儿的胡杰还傻了吧唧跟我玩互动，直接被剩下俩明事理的家伙给拖走了。

屋子一空，我的心也空了、要是自己不来慢动作，梦想肯定成真了，悲兮哀兮啊……

有个词儿叫“一吻定情”，我和海容这种未遂的情况算什么呢？老雷说，我这叫既定事实，只要气氛好、环境佳，我随时可以开口向海容表白，绝对十拿九稳。

我对海容察言观色了好几天，发现她看起来似乎并不太在意那个未遂的吻，和平时没什么两样。难道是我自己多心了，她其实只是出于西方礼仪，想给我一个无差别的鼓励，不小心被我这个土鳖误会了而已？这个误会可真有点旖旎！

况且，全球竞标在即，设计部的每个设计师都像绷在弦上的箭，都希望自己的那支箭能第一个从集团内部选拔中射出去，最终插入中标设计的大红心。我闲时想想儿女私情，工作起来也是铆足了劲儿，不能让自己后悔，更不能让海容失望。

全球竞标开始前的一个星期，滨海城建集团内的紧张关键时刻先如约而至。我坐在会议室最角落里临时增加的座位上放眼看去，董事长带着集团高层领导来了，包括胡姗姗在内的各部门管理人员也来了。设计部的工作人员更是全员到齐，从紧张的面部表情一眼就能看出谁的设计方案被挂在墙上，赤裸示人。

我知道海容的设计方案一定在里面，但她一直神情自若地坐在董事长旁边。所有人都正襟危坐，等待会议开始。海容侧身和董事长小声说了几句话，端正坐好，微笑着看过到会的每一位员工。

几十个人，上百双眼睛，我确凿地感觉到她的目光好像穿过N个人头，与我的视线在空中交汇。虽然短暂得一个喘气就过去了，但绝对像特效药，紧张得手心冒汗的我顿时淡然了。我什么大风大浪没见过？什么比赛选拔没参加过？掰着指头数一数，好像确实没经历过几个……所以，这才叫“初生牛犊不怕虎”。

董事长拨了拨他面前的话筒，看向海容：“在建筑设计上我们都没有你专业，这次的内部选拔还是你来主持吧。”

海容点头，起身走到挂着设计方案的墙边：“竞标的日子马上就要到了，我们设计部的设计师准备了五套设计方案，其中有一套设计方案是我自己设计的，还有四套是设计部其他同事设计的。为了公平起见，我请人力总监胡姗姗在设计方案上都隐去了各位设计师的签名。现在请各位领导审阅。”

海容说完让开空间，董事长和领导们站了起来，围拢在五套设计方案前，先是轮流仔细地查看，接着开始小声交流，指指点点。在场的其他人几乎都是屏息凝神地等待着这漫长而又煎熬的抉择过程。

我坐在离他们最远的角落，完全听不到他们在议论什么，也看不清他们有没有流露出或赞赏或失望的神色，只忐忑而心神不定，像一生的命运和未来都压在他们的动念之间。

海容站在离董事长和领导们最近的地方，耳闻目睹他们所有的评头论足，却始终保持微笑，从容淡定。有个领导走到她身边耳语几句，她也摇头不说话，只笑了笑，领导没再说什么，回到讨论的中心。

度秒如年，终于等到董事长和各位领导陆续回到位置。董事长和领导们简单地做了眼神交流，转身面向在场的所有人。

“经过我和几位领导的讨论，我们一致看好的是二号和五号方案。”

会议室内立刻响起懊恼的叹息声、窃窃的议论声。我看着同事取下其他三个设计方案，只留下两个设计方案遥遥相对时，只觉得像被馅饼砸中头顶。而且馅饼太软，直接穿过脑袋卡在我脖子上，让我呼吸急促，进气不足，呼气不及。

胡姗姗走到二号设计方案前，揭开挡在签名上的纸条，毫不意外地笑着说：“二号方案是林总监设计的。”

全场立刻掌声四起，我也兴奋地鼓起掌来。海容的设计细腻中不失简洁，有从女性视角触发的阴柔美感，也很好地继承和发扬了美系设计的力度感和空间层次感。我早就猜到这个令人眼前一亮的设计出自海容之手，但仍然惊艳不已。

面对所有人赞赏的目光和热烈的掌声，海容依然从容微笑着，点头向每一位同事表示谢意，像是早已习惯这样的场面，宠辱不惊。

董事长非常满意地说：“海容不愧是世界一流的建筑设计师，我看我们就直接采用二号方案参与全球竞标吧？”

董事长虽然只是提出一个待商榷的建议，但用的却是肯定的语气。领导们纷纷点头附和，其他人已经迫不及待地要起身向海容表示祝贺。她的设计才华是有目共睹的，每个人都觉得实至名归。我更是如此，欣赏她的设计，爱她这个人。

“不！”

满是喧哗和祝福的会议室里，突然响起海容有力的声音，所有人都不由自主地噤声看向她，这不是一个胜利者该有的合理反应。海容抬起手，指了指墙上的另一个设计方案，坚决肯定地说：“我个人更倾向于五号方案。”

所有人都不约而同地发出惊讶声音，开始议论猜测，究竟是谁征服了最出色的林海容。我坐在最后面，好像看见所有人的后脑勺都变成了问号。我也很惊讶，出奇地惊讶。

胡姗姗在众人的议论中揭开了五号方案的签名，当场低呼：“陈远！”

我当然知道这是我的设计，但听到胡姗姗喊出我名字的一瞬间，还是像被闪电击中一样全身麻痹，随即变得局促不安起来，手也不知道该往哪里放了，眼睛也不知道该往哪里看了。事实上，除了海容，所有人都和我一样，不晓得该往哪里看。完全陌生的名字，没有人知道陈远代表谁，谁代表陈远。

海容走到我的设计方案前，用清脆婉转的声音吸引了我们的注意：“五号作品让我想到了纽约的洛克菲勒中心。在美国，每当我心情不好的时候，我都会去那里坐坐。虽然身处都市的丛林里，可是在那里，你好像可以闻到薰衣草的味道……不好意思，我差点跑题了，我应该这么说，五号作品风格简单明快，粗犷大气，不拘泥于传统，勇于突破……这不仅是我们需要的，更重要的是，这符合美国人的口味。”

她娓娓道来，只用简单的几句话就好像带我们游历了大洋彼岸那座繁华的金融中心。而且她不吝的夸奖，也让我觉得受宠若惊。

“所以，我的建议是，用陈远的设计方案代表我们滨海城建集团参与索斯洛克金融中心的全球设计竞标。董事长，您的意见呢？”

董事长审视着海容认真的表情，又看了看我的设计方案：“嗯，既然是林总监极力推荐的方案，我相信也不会让我失望。”

一时间，会议室里旁人的反应我也顾不上看了，而是目不斜视，直直地盯着向我走来的海容。我的眼里只有她的笑容，感觉好像上帝不仅用馅饼砸了我，还把做馅饼的漂亮姑娘也一并送给我了，这是多么大的一个恩惠啊！

我尚未从巨大的惊喜中缓过神，海容已经近在眼前，我诚惶诚恐地站起来，只见她大方地伸出手，由衷地说：“恭喜你，陈远！”在我当着所有人的面，握住海容的手时，她转过头看向满会议室的人，“诸位恐怕不会想到，在两个月前，陈远还只是咱们滨海城建集团一名普通的清洁工人。而他的设计就像他这个人一样，充满神奇！”

长这么大，有人夸过我帅气，有人夸过我善良，有人夸过我勤奋，但海容却说我“神奇”。我立刻就觉得自己的形象高大了起来，光辉了起来，左边飞着超人，右边爬着蜘蛛侠，后边还跟着七个葫芦娃，中英混搭地喊着：“Please 等等 me！”

人一缥缈了，我半晌才反应过来，我一直握着海容的手，还没跟她道谢。她也任由我握着，笑颜相对。我刚张口，她忽然低下头，从口袋里掏出手机，眉头好像皱了一下，抬起头对我说："不好意思，接个电话。"

我忙松开她的手，看她走开，接通电话放在耳边，隐约喊了个人名，听起来像是马达。心一下子吊了起来，我立刻决定厚着脸皮追上去，但此刻我已经被团团包围。我当清洁工时不认识我的、我当跑腿小弟时不认识我的、就在几分钟前还不认识我的人，突然全都认识我了，友谊之手，恭维之声，扑面而来。

我分神应付着，向海容刚才的方向张望，她却已经不在了。忽然之间，所有的兴奋和喜悦荡然无存。海容不在，这个世界没意思。

Chapter 08

原来高人在医院

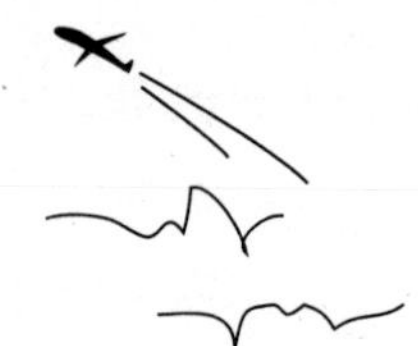

有时候时机错过了，胆子也会跟着萎靡。一萎靡，在老雷给我灌输了“表白必胜”的思想后，我顾虑太多，像个娘们儿一样优柔寡断，没有及时将思想转化为现实。二萎靡，在海容接了那通似乎我来自马达的电话后，我依然顾虑太多，像个娘们儿一样优柔寡断，没有及时地去求证猜测。

当然，以我现在的身份和立场，直接去向海容求证不合适。但是我也确实是有过机会一窥真相的。就在几天前，我和海容从索斯洛克竞标会现场出来，正巧遇到她的老师史密斯。两个人寒暄的过程中，史密斯似乎不经意地提到了马达，约海容吃饭详谈。我当时如果脸皮再厚一点，说点崇拜景仰史密斯、希望能和他共进一餐的话，应该是能赖着吃饭，然后听出些所以然来的。可惜，当时海容的脸色不是很好看，所以我此刻也只能坐在老雷办公室里，望洋兴叹。

“唉——”

“陈远，从进屋到现在，这已经是你叹的第五十三声气了。”老雷点起根烟，吸了两口，接着说，“我反复和你说过，爱情有的时候就是一场战争。现在你的工作能力已经获得了林海容的认可，这很好，不过你现在用的这个战术呢，充其量只能算是迂回包抄。你要明白，你的最终目的是想成为林海容的男朋友，而不是她的下属。”

我按着额头，苦恼地说：“我明白啊，可是海容前男友马达一旦回来，他们重归于好，我也可以歇菜了。”

“陈远，你知不知道前男友和前女友的差别？”老雷神秘地一笑，凑过来，冲我勾勾手指。

我最恼火他的阴阳怪气，随口道：“性别有差别。”

“不对。”他靠回椅背，老神在在地说，“前女友是宝，前男友是草。因为通常分手之后，女人比男人要无情得多。”

“是吗？”我没有分手的历史经验，老雷的历史经验里也只有甩人，没有分手，所以我对他的这个理论持怀疑态度。

“那你希望林海容的前男友是她的宝，还是她的草？”

此话乍一听像在骂人，我干脆道：“我希望他千万别回来。”

“你看你看，不理智了吧。”老雷嫌弃地瞥了我一眼，“腿长在人家身上，还能听你的不成？美国总统也没这么大权力啊！”

“你认为我下一步应该怎么做？”

“继续寻找她的弱点。不要忘了，我们之前调查过，海容的父母去世得早，这么多年，她一直和她爷爷相依为命。”

我点点头：“这个我也想过，可我怎么接近她爷爷呢？直接跑到她爷爷面前，跟他说：爷爷，我喜欢您孙女，能不能麻烦您帮我写封推荐信？”

他一下乐了：“我看成，你还可以发动他爷爷的病友一起写封联名推荐信什么的。”

“你大爷的！”

“我大爷在西北！”老雷站起来，拍了拍我的肩膀，“放心，这个我已经帮你想好了。”

“想好什么？”我问。

老雷嘴巴刚张开，办公室的门就被推开了，琪琪一脸疲惫地走了进来。老雷脸色一变，每个毛孔都像注满了希望，连忙问向琪琪：“怎么样？是不是有收获？”

琪琪伸手比划了一圈自己的脸：“我这副要死不活的样子，你觉得像有收获吗？”

老雷大失所望，坐回老板椅继续抽寂寞，顺便抽烟。好像本来明明看着琪琪掏出的是一枚黄灿灿的金币，结果一到他手里就变成金币巧克力了一样，落差太大。

我朝琪琪身后望了望，问：“胡杰呢？”

“犯病了！”琪琪不耐烦地皱起眉，“这两天拍墓地里的墓碑拍上瘾了，说以后还要举办什么墓碑摄影展。展给谁看？殡仪馆？火葬场？还是另一个世界的兄弟姐妹们？脑子有包！”

琪琪性格爽朗，像个假小子，我们一直也没把她当女的。可今天她这话听起来有点娇嗔埋怨的味道，我突发奇想地问：“琪琪，请你简单评价一下你的前男友。”

她意外地瞪大双眼，愣了几秒钟，话从牙缝里挤出来：“他是个——傻×！”

嚯，前女友果然是凶猛生物，无情无义。我不该怀疑老雷的权威性，再次佩服地看向他。原来，情场鬼见愁也有朝思暮想不得、郁郁寡欢无尽的时候，只见他吐着烟圈，眉头上锁，深沉地像在忧国忧民。

该！也是时候让鬼见愁变“愁见鬼”，体会体会什么叫相思之苦了。

我以为老雷会用特别高明厉害的方法让我接近海容爷爷，结果我们大包小包出现在医院，找到了照片里那个经常照顾海容爷爷的护工，老雷偷偷摸摸背着我就把人拉到了一边。

海容爷爷的护工是个四十来岁的中年人，老雷勾肩搭背地跟他说了些什么，他听完不停摇头。我刚要走过去问问情况，老雷回头朝我比了个“OK”的手势，又继续和护工套近乎。半天过去，似乎仍毫无进展。我不得不冲他的背影嚷嚷：“要不算了！”

老雷向来是个爱较劲的人，从一系列和胡姗姗有关的事件就能看出来。据说当年，他为和一款爷争餐厅那片房产的租赁权，搭帐篷打地铺在房东家门口整整窝了一个礼拜。房东找来物管协调不顶用，直接拨了110。警察一来，他特听话特配合地卷铺盖走人。

没想到第二天，他居然以高出市场价两倍的月租，租下了房东隔壁一家的房子住了进去，还掏钱送那家人参加了趟迪拜豪华游轮十四日游。房东出门，他出门；房东去哪儿，他去哪儿。他不会离房东太近，也能保证房东一回头就能瞧见他阴恻恻的笑。夜深人静的大晚上，他还故意鼓捣出些乱七八糟、奇奇怪怪的动静。没过几天，房东彻底神经衰弱了，求着把租赁权给了他。

后来，我问他，餐厅所在的地段也没有特别好，至于吗？他说，主要是因为看不惯房东见钱眼开的市侩气，他先交了订金，竟然临时反悔。我说，你这么一折腾，多的钱也花进去了，不如直接提提租金来得省事。他特傲气地说，我就不耐烦把钱给那些让我不痛快的人。

我不知道他和护工这一段小聊小唠痛不痛快，反正他掏钱包拿票子给护工的模样挺痛快。护工没伸手去接，盯着钱摇了摇头。老雷没啰嗦，又抽出几张变成一沓，护工盯着钱看的眼睛闪了闪，眉毛也紧了，一定是经过了一番激烈的心理斗争才接过去，说：“他在病房里休息，403。”

护工消失在走廊尽头，我们走进电梯，我不解地问：“既然要收买他，为什么不直接把钱给人家？”

“嗨，钱是好东西，也最能伤人自尊。我要一开始把钱摆出来，他觉得尊严受损，非要争那口气，多少钱都不好使。所以，聊聊天拉近关系，给足人面子，递起钱也顺利，人家接得也舒坦。”

看来老雷不仅是爱情专家，也是人精，城府颇深，是个中高手。我真心觉得他不简单，肯定能回答更复杂的问题，于是接着问：“待会儿见了海容爷爷，我们怎么介绍自己？义工？来做敬老服务的？”

不过，显然我们对复杂和简单的定义有差别，他想都没想，张口重复道：“没错，说是义工，做敬老服务。”

我实在不愿再做欺骗海容的事，想了想，说：“老雷，我不如干脆明讲，直接说我是海容同事。”

他眉毛一挑：“那怎么行？你一说自己是林海容同事，他准认为你动机不纯，就会对你心存防备。有了芥蒂，他也不可能对你敞开心扉。不掏心掏肺，你怎么跟他变哥们儿、成忘年交？最后，怎么达到他非你这个孙女婿不可、逼海容非你不嫁的终极目标？”

他说得一环接一环，头头是道。我越听越不对味，猜测道：“老雷，你是不是最近肥皂剧看多了？”

他嫌弃地“切”了一声，从打开的电梯门里走出去，难得的不跟我掰扯。到目前为止，我的以雷式理论思想做武装、具有陈远特色的爱情发展道路，还算顺利通畅，那就姑且再信他一次吧。

我们拎着满满两手礼品，走到403病房门口，听见里面传来电视的喧闹声，伴随着一阵爽快的大笑。老爷子似乎心情不错，这是个好的开始。我腾出手敲门，里面电视的声音立刻被调小，随后响起老爷子洪亮的声音："进来。"

轻轻推开门，我们毕恭毕敬地站在门口，老爷子正半靠在病床上往我们这儿看。他瞧上去精神不错，红光满面，我礼貌地对他笑，准备按计划作自我介绍。

"你们是义工？"老爷子问。

我和老雷面面相觑，同时点头。

"来做社区敬老活动？"老爷子又问。

他风轻云淡的表情，让我们有点搞不清楚状况，接着点头。

"太好了！"他马上乐了，拿起遥控器关掉电视，从床上坐起来，热情得不得了，"快进来，进来！小陈说今儿天冷，不让我出去玩，我都快闷死啦！"

估计小陈应该是那个护工。虽然开场白出乎我们的意料，但老爷子的反应很不错。我们忙听从指示走进屋，老雷举起手里的礼品，仍旧是来不及开口，老爷子便着急不耐烦地又道："东西放一边，过来，过来。"他指着病床旁的沙发，"坐这儿，你们陪我玩。"

我们跟俩木偶似的不敢怠慢，一一照办，端正地坐进沙发。老爷子已经不知道从哪儿搜出一副围棋和一副象棋摆在我们面前的茶几上，人坐到了茶几对面。

我眼风扫过老雷，不动声色地摇摇头：这两样我可都不会，你呢？他冲我摇头再点头，眼神坚定，大概表示他也不会，让我放心，一切包在他身上。果然，他先下手为强，讲出进病房后的第一句话。

“爷爷，你好，我叫……”

“你是不是义工？”老爷子也不耽误，迅速打断他。

“是啊。”

“是不是来做好事？”

“是啊。”

“义工做好事是不是应该不留名？”

“呃，是……是啊。”

“那你干吗要告诉我你的名字？”

……

老爷子逻辑思维能力太强大，说得太有道理，我都不想跟我旁边的傻×一样自报家门了。老雷当即颓了，给我一个我绝对能读懂的眼神，明摆着让我自求多福。

老爷子兴奋地指着左手边的围棋，问我：“会玩吗？”我老实地摇头，他接着兴奋地指向右手边的象棋，“会玩吗？”见我依然摇头，他失望地叹口气，突然又来了精神头，“来来来，我教你玩。”

我是很愿意学，但围棋这玩意儿也不是一时半刻能学得会的。我为难地看向老爷子，他正在兴头上，边哼着小曲，边铺着棋盘纸。我现在扫他的兴，等于自杀，耳边骤然响起老雷鬼一样的声音：“没事，咱现学现卖，我这就帮你搜棋谱。”说着他掏出手机，埋头上网搜索。

老爷子铺好棋盘纸，把黑子棋盒递给我，自己端起白子棋盒，边演示动作，边慢条斯理道："我们先一人抓一大把子，根据感觉、重量以及经验，猜自己手里棋子的单双数。然后一枚枚地把棋子摆在棋盘上，数数到底谁猜得对。你对你赢，我对我赢，都对都错算和棋。懂吗？"

我懂了，但围棋是这么下的吗？我一脸诧异地看向老雷，他停了手里的动作，也一脸诧异地看着我。我们同时转头看向老爷子，他大概觉得我们太笨，闷闷不乐地说："现在的年轻人没前途，不好学。"

我忙道："爷爷，我明白了，我陪你玩。"

老爷子脸翻得比书还快，从身旁拿出卷卫生纸，笑呵呵地说："输了贴条。"

我们刚各自抓起把棋子，老雷忽然插句话进来，指着旁边的象棋，好奇地问："爷爷，我能问问，这个怎么玩吗？"

"简单，简单。"老爷子一门心思都在围棋上，看也不看他，不耐地说，"一个个垒起来，站远点儿吹，谁能吹倒算谁赢。"

老爷子一副理所当然的样子，不像在拿我们开涮。认识老雷好几年，我从没见他对哪个人流露过钦佩的表情。此时此刻，他看老爷子的眼神，用"高山仰止"来形容也一点不为过。

山外有山，人外人啊！

游戏开始不过三四分钟，我已经连输五把，贴了五条胡子。不知道是老爷子感觉神准还是经验丰富，我脸上条都贴满了，居然一把没赢。老雷也不信这个邪，换他上阵，很快阵亡。

他不行，我再上，来来回回，我俩都返祖变成白毛猴子了，胜率依然稳扎不动地维持在零这个数字上。人也没啥求胜欲望了，老爷子高兴，我们纯粹陪他高兴。他一高兴，就高兴了两个多小时，期间曾提议改玩象棋。我和老雷一合计，今天太邪乎，不宜动气，连连摇头说不用了。

等一整卷卫生纸全糊在我们脸上，游戏也结束了，病房外的太阳也落山了。老爷子捂着肚子喊饿，想吃蒸饺，老雷立刻自告奋勇上街买。我扶老爷子躺回床头，替他盖好被子，在他旁边刚坐下，他冷不丁地开口："小伙子，你叫什么名字？"我大脑高速运转，思考这是一道怎么样的逻辑题，老爷子紧接着又问，"你认识我们家海容吧？"

我一愣，见老爷子嘴角挂着老谋深算的笑，只好老老实实地承认："爷爷，我叫陈远，是海容的同事。"

"我虽然是老人，可不是痴呆呀！况且你也不是第一个跑来献殷勤的孩子了。都以为老人家好骗好哄，从我这个老头子身上下手容易。以为只要我发话，我孙女肯定言听计从。这都什么年代了，恋爱自由，婚姻自由，我一半入土的老头子还能干涉我孙女的幸福？"

我听着惭愧地低下头，不敢瞧老爷子的脸，突地肩膀上一沉，我下意识地看向老爷子，只见他的眼神老犀利了："孩子，喜欢我们家海容吧？"

"嗯。"我点点头，强调道，"非常喜欢。"

"喜欢就去追啊！"我眼睛都瞪大了，老爷子理理衣领，容光焕发地说，"我要再年轻个几十岁，遇到个像我孙女这么好的姑娘，我一定会去追。"

说完他哈哈大笑，我反而局促地不知道该说什么了，老爷子倒开始催我赶紧行动，一分钟也别耽误。

被老爷子撵出门，我无论如何也忍不住好奇心，停在门边回过头：“爷爷，您一下午都在逗我们呢吧？”

“你说呢？”老爷子笑着反问。

“可为什么我们总赢不了您？”

“因为，我有秘密武器。”老爷子得意地晃起脑袋，从袖口里摸出一粒棋子，骄傲地朝我举起来，“这招叫‘老嘛老，留一手’，哈哈哈哈——”

哦，姜果然还是老的辣！

我也顿悟出为什么老雷这次不灵了。因为他以前谈的所谓的恋爱没有一个能坚持到见家长的，他根本没有经验可谈，那理论八成是从电视剧里东拼西凑的。

还好，还好，一切顺利。我陈远立下决心，放手开追林海容！

我这边终于下定决心，对海容展开光明正大的追求攻势，那边老雷就十万火急地给我打电话，说胡杰在墓园又被人扭送到局子里了，这回罪名定得有点大，叫非法跟踪。而那位见义勇为的好市民，不是别人，正是灭绝师太胡姗姗。

老雷自然不便出马，只能由我顶上。问题是，我也得顶得上去才行啊！老雷建议我以胡杰好友的身份现身，我仔细琢磨了一下，好像可行。胡杰从没有正面出现在我们与胡姗姗中间，说我是他的朋友，胡姗姗应该不会起疑心。

追求女人真是太不容易了，简直像尔虞我诈的谍战片，搞不好还能弄成警匪片。

我飞车赶到墓园所属辖区的派出所，一走进门，老景重现，胡杰抱着他的宝贝相机蹲在墙边，脑袋都快埋进裤裆里了。对面的胡姗姗双手叉腰，跟看千古罪人一样狠狠盯着他。我走到他们之间，轻轻地问："怎么了？"

胡姗姗眼睛一斜，惊讶地道："陈远！"

胡杰一听见我的名字，猛抬起头，又拿我当救星："哥哥，救……"

"你闭嘴！"我赶忙恶狠狠地打断他。不能让这个没谱没调的家伙开口说话，太容易掉链子。我走近胡姗姗一些，极其抱歉地赔笑解释道："他是我兄弟，叫胡杰。别看他长得贼眉鼠眼，但绝对干不出什么伤天害理、违法的事。胆儿太小！胡总监，你是不是对他有什么误会啊？"

"误会！"胡姗姗冷笑，看着我和胡杰的表情里有种"我们是一窝害虫"的感觉，她讽刺地说，"我去墓园祭奠我母亲，他一直鬼鬼祟祟地跟在我后面偷拍。我一喊他，他就跑，不是跟踪狂是什么？"

"哦！"我长叹一声，故意恍然大悟地拍拍脑袋，笑着说，"误会误会，一场误会。胡杰其实是一名死亡摄影师，只专门针对与'死亡'有关的题材进行拍摄，目的是让人们从死亡中反思生命的意义和价值。这是在国外刚兴起的一种摄影类别，国内还不普及，了解的人也不多，会被你误会太正常了。"

"是吗？"胡姗姗不太相信地打量我，试图从我身上找出点蛛丝马迹，"死亡摄影师？我从来没有听说过。"

"等一下。"我退到胡杰身边从他脖子上勾下相机，翻出里面的照片，拿到胡姗姗面前，一张张翻给她看，"你瞧，这里面所有的照片都是关于墓园、墓地、墓碑、祭奠的鲜花……所以，不是他偷拍你，是你刚好出现在他的镜头里。至于为什么你一喊他他就跑，他是怕被你误会，因为他也不是第一次被人误会了，可最后还是被你误会了。”

胡姗姗没有说话，接过相机仔细地查看照片，我趁她不注意，忙给胡杰打手势。他呆望了我两三秒，心领神会地走近我们，非常有诚意地对胡姗姗说：“胡小姐，不好意思。我这个人嘴比较笨，没跟你解释清楚，都是我的不对。”说着谨慎地向胡姗姗伸出手，小心翼翼地问，“能不能把相机还给我，它是我的一切。”

胡姗姗终于好像有点相信了，半信半疑地递出相机。胡杰接过来，还没拿稳，半空中响起第四个人的声音：“哟，怎么又是你！”

胡杰手一抖，相机差点掉到地上，他两只手跟玩杂耍似的调来倒去，终于抱稳了相机，长吁口气，一看到说话那人，立马又像要抽抽过去了。我也觉得刚从办公室里走出的胖警察有点眼熟。

“怎么才调过来又遇上了你啊！不是想追求我吧？”胖警察说完夸张地大笑。

警察开玩笑，才真正是用生命在玩笑啊！我和胡杰眼睛都发直了，好像有过堂风吹得后脊梁嗖嗖的凉。我终于想起他是谁了，就是当初把胡杰和琪琪错认成记者的胖警察。

“说说呗，这回又是犯的什么事啊？”胖警察走到我们面前，一点也不严肃地问，像在唠家常。

胡姗姗又露出狐疑之色，我暗自庆幸着自己的谎撒得有水平，附耳低声对她说：“上次他被错认成偷拍狂，也是让这位民警同志给抓住的。”

胡姗姗斜睨我一眼，转头对胖警察道："不好意思，民警同志，一场误会，是我自己弄错了。"

"误会？"胖警察嘟囔着看向抱歉而笑的胡姗姗，又看看㞞脸样的胡杰，语气严肃起来，"以后有情况，弄清楚了再来。以为派出所是你们家开的呀，胡闹！"

我和胡杰连声附和，不停对他点头哈腰。胖警察没再为难我们，一个急转身，走进了办公室。

我们从派出所出来，天已全黑。我心想赶紧说再见，嘴巴却还是提议，我和胡杰请胡姗姗吃顿便饭，赔礼道歉。她疲惫地摆摆手，说不用了，让我们先走，海容一会儿来接她。海容要来，我又不想走了，坚持说，我们走了不合适，还是陪她等等吧。

三个人跟路边站着像放风似的，一言不发，谁也不答理谁。胡杰和胡姗姗不可能说话；我自己和胡杰闲聊，把胡姗姗晾到一边，又不太礼貌；要我去找胡姗姗交谈，我绞尽脑汁也不可能想出可以和她聊的话题。

老雷情场沉浮多年，常说每个女人都是一幅画，值得欣赏，有的像浓墨重彩的油画，有的像泼墨留白的山水画，有的适合远远观赏回味，有的适合于近处发现绝妙。懂得女人各有各的美好，男人自然能纵情其中，回味无穷。我善于思考，反问他："男人把女人当画，女人把男人当什么？"

"当敌人啊。"老雷说，"不管怎样如画的女人都有一颗纤细、易感、善妒的心。她们见不得别的女人比自己好，见不得别的男人比自己的男人好，又不懂得反思，只会蛮横地要求自己的男人不断努力努力再努力。等到别的男人样样不如自己的男人了，她们又开始诚惶诚恐，害怕别的女人来挑战自己的地位，于是暗示警告甚至威胁自己的男人，不可以始乱终弃。她们手段残暴，不是把男人当敌人对待是什么？”

我汗颜：“都这样了，还要爱情干什么？”他仰天大笑：“正是男女间认知的差异性和不对等性，才让男女间的游戏刺激非常、有趣非常啊！”

老雷的理论，即使给我很长一段时间去揣摩理解，我也不一定能全部明白。比如现在，我实在无法把胡姗姗想象成一幅画，但我却能感觉到她对我的隐隐敌意，从上次我和她的那一次例行公事的谈话开始。

“陈远，海容没有看错，你确实是个有才华的设计师。”

胡姗姗主动开口跟我说话，听起来又像是句恭维的话，我一时无法适应，简单地说了“谢谢”两个字搪塞过去。

“海容一直是个对设计工作怀有崇高热情的人，所以相对的，她对有才华的设计师也特别看重和赏识。”胡姗姗说着，似有深意地看了我一眼，“她呢，虽然工作上雷厉风行，但实际上是个单纯的女孩，有时候会分不清到底是赏识还是……不过，我会提醒她要公私分明，保持头脑清醒的。”

不愧为灭绝师太，短短几句话里夹枪带棒，明摆着在警告我别自作多情，把海容对我工作的帮助当成一种暗示，一种我可以为所欲为的暗示。但是，她能对我出言不逊，证明海容也许在她面前提起过我，而且对我的评价一定让她觉得，在海容的心目中我和别的男人不一样。

想到这里，我欣喜多于不甘，也懒得再跟胡姗姗多辩解，随口道：“胡总监，我们都是成年人，应该分得清什么是工作，什么是私人感情。没错，我是很欣赏林海容，我想每个设计部的员工都很欣赏她，欣赏她的工作能力和设计才华。出色的人自然值得别人欣赏，就像……就像之前在公司楼下向你示爱的那位男士，他一定非常欣赏胡总监你。”

天太暗，我看不清胡姗姗脸上的表情。她倒是没立即接话，沉默了会儿，抬起头板着脸，冷冰冰地对我说：“你明白就好，陈远……”

她还想说什么，一辆白色的车子在我们面前停了下来，我认出是海容的车。她摇下车窗，看到我，有点惊讶：“陈远，你怎么会和姗姗在一起？”

我没来得及说话，胡姗姗先走过去拉开门，急匆匆地说：“海容，我累了，送我回家吧。”

海容回头确认坐进车里的胡姗姗没事，转过来冲我抱歉地一笑，比了个电话联系的手势：“我先送姗姗回家，再见。”

我微笑着挥手和她道别，目送她的车子远去。胡杰走过来，搭上我的肩膀，感慨不已地说：“爱情的力量真是伟大！陈远，你以前可从没这么自信过，刚才说得胡姗姗的脸都绿了。”

“啊！”我一惊，忧心忡忡地问向胡杰，“灭绝师太不会在海容面前捅我一刀吧？”

“不好说，不好说。”他学起老雷的装逼范儿，叹了句，“闺蜜猛于虎啊！更何况灭绝师太本来就是一只母老虎！”

“你们说谁母老虎？”

老雷的声音猛地从背后响起，我和胡杰回过头，看到他像黑暗使者一样从黑暗处走来，走近一看，脸也很黑暗：“胡姗姗充其量也只是一枝带刺的蔷薇。”我们频频点头称是，他又担心地问，“怎么样？她没有起疑心吧？”

我和胡杰对看了眼，都露出不确定的表情。胡姗姗之于他是蔷薇，之于我们还是母老虎一般的灭绝师太，还是少招惹为妙。

“算了，算了。”老雷烦躁地一摆手，徒留给我们一个寂寥的背影。

从派出所回到家，我一直在等海容的电话，有几次拿起手机，想先拨过去，又放下了。我不知道别的男人跟我是否一样，总之我一遇到和海容有关的事，就会变得顾虑很多。关于此问题，我曾经咨询过老雷。他要照他以往的恋爱经历去想，肯定想不出个所以然来。我提示他，可以琢磨琢磨胡姗姗，他的神情立刻变得踌躇辗转。行啦，不用他回答，我也明白了。

一点多躺上床，手机终于响了，我慌忙去接，差点按到挂机键。接通电话，我的声音随即镇定下来：“喂，海容。”

“不好意思，我刚从姗姗家出来。今天的事，我都知道了，我替姗姗向你朋友说声抱歉。”

“不要紧。”一场误会这样的话，我对海容说不出口，追根刨底，这其实是一场“有计划，有组织”的图谋。心虚的我转开话题，“这么晚，你一个人开车回家，注意安全。”

海容在那头低声笑：“又不是第一次了，以前加班常常会很晚回家。”

“以后太晚的话，我来送你回家。”我大脑没转，脱口而出。

海容短暂沉默片刻，笑声愉悦："好啊，不过我岂不是更不安全了？"

听出她在开玩笑，我一下轻松了，也笑道："我会在你不安全前，先送你到家的。"

"陈远。"她忽然安静下来。

"嗯。"

"两天后就是开标日了，我对你有信心。"

"谢谢。"

说完，我们同时沉默了。海容没有再多说什么，可我知道，我的设计方案被选中之后，滨海城建集团高层曾极力反对，因为我没有足够的名气，也没有拿得出手的作品。是海容从中斡旋，力挺我到底，才保住了我的竞标资格。

我感激她，很想再跟她多聊几句，但还是主动提醒她专心开车，道别后挂断了电话。有些时候，我分不太清楚，自己到底是纯粹爱设计这件事，还是因为爱海容所以才爱设计，没有我的缪斯女神，我还能不能设计出有资格参与全球竞选的作品。

但至少在今夜，我很确定，海容在我心中的位置，无可取代。

Chapter 09

推倒“女神”

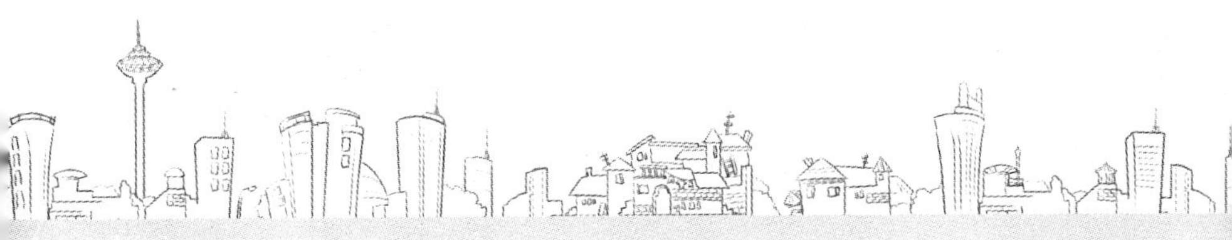

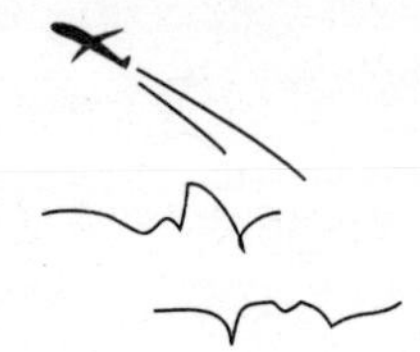

命里有时终须有，命里无时莫强求。

从海容给我设计的灵感，到她和史密斯的一番交谈给我新的启发，再到她几乎是力排众议，推荐我的设计方案代表滨海城建集团参与全球竞标，直到现在，我坐在索斯洛克竞标会现场，和世界顶尖的设计师同场竞技，仍无法参透，这些好事是我命里该有的，还是我狗屎吃多了，命好撞上的。

会场布置很气派，在主席台就座的全是从索斯银行总部专程而来的大佬们，还有本地政府部门的大佬们。主席台正对面是各家参加竞标的设计师和公司代表。很多设计师的名字在业界是如雷贯耳的，在今天以前，我只是在专业期刊和专业书籍中见到过。

我们公司虽然在本地小有名气，但一摆到这些全球知名建筑设计公司面前，完全是小巫见大巫，不值一提。竞标筹备处说，此次参与竞标的公司排位不分先后，但谁都看得出，先后不分，却分远近。名气响的公司离主席台最近，而我们则坐在最远最靠边的位置。

董事长的脸色不太好看，胡姗姗忙着找他闲聊，安抚情绪。我和海容并排坐着，我想我的脸色也一定不太好看，倒不是觉得受歧视丢面子，我是真的紧张，紧张得身体内部水分拼命往外蒸发，不是排汗就是排尿。现在比上次公司内部的选拔会紧张多了，绝对和整个竞标会的档次一样，是全球化、国际化的紧张。

我大概理解了为什么只有影视界才有直播的颁奖典礼了，因为只有职业演员才能淋漓尽致地演出“泰山崩于前而面不改色”的淡定从容，一般人指定暴露本性，丑态毕出。我已经非常想不具名地开骂以缓解情绪了，太他妈紧张了！

偷偷擦着手心的汗，我侧目瞄向海容，只见她抿着唇，交握放在膝上的双手微微颤抖，看得出来紧张程度不在我之下。似乎感觉到我的目光，海容转过头，给了我个放轻松的手势，安慰我：“不要紧张，我们要对自己有足够的信心。”

我在硬装英雄好汉和承认自己是尿人之间犹豫了会儿，还是被紧张情绪完败，老实巴交地说：“我还没见过这么大的场面。”

可能以为我这是用自嘲的话反去安慰她，海容一下子很给面子地笑了，正要接着说什么，她包里的手机似乎在震动，发出嗡嗡声。她说了声“抱歉”，掏出手机接听电话。只片刻，她突然脸色一变，失声喊出：“什么！”

胡姗姗随即走到我们面前，我的心也被她花容失色的样子给拧紧了。短短几分钟的电话，我们因为不明所以，焦虑得像等待了很久，终于，眼中闪烁水光、唇色已然发白的海容放下电话。姗姗握住她的手，急切地问：“怎么了？”

海容深吸口气，稳定下情绪，慢慢地说：“医院来电话，护工今天临时有事请假，爷爷因为不能出去玩又闹脾气了，医生说也实在抽不出人手照顾。”

“哎呀，”胡姗姗也皱起眉，“怎么不挑时候？现在到哪儿找护工去？要不我去医院照顾爷爷？”

董事长立刻面露难色："这么重要的场合，你不在怎么能行！"

我盯着海容紧握手机、不知所措的样子，不自觉地开口道："要不……我去？"

他们一听，不约而同地看向我，像我发表了什么惊人言论似的。

海容摇头，坚决地说："作品是你的，你不在怎么能行！"

"不行，"我也狂摇头，做出退缩的表情，"我胆小嘴笨，面对这么多人，根本说不出话，待会儿的作品陈述一定会被我搞糟的。"

海容还想劝我，董事长长叹了口气，先道："就这样吧。海容，只有你有应付这种大型竞标会的经验，还是你上吧。"

我不等他们再多言，一锤定音地说了句"就这么定了"，起身走向竞标会大门。刚走到门口，海容在身后叫住我，追了上来。她似乎更紧张了，眼神闪烁，还带着内疚，咬着唇欲言又止了一会儿，说："陈远，这是你的设计，也是属于你的时刻，不该由我来代劳，我怕不能完全向评委们展现出你作品的魅力。"

我摇头，俯身靠近她，坚定起与她对视的目光，微笑着说："海容，我明白，除了我自己，只有你最懂我的设计。我相信，你一定能做一场完美的陈述征服所有的评委。"

她没说什么，突然踮起脚，张开手臂抱住我，她的香气弥漫在四周。面对这个突如其来的拥抱，我只感觉整个人都飞升上天了。愣愣地反应过来，刚伸手想反抱她，海容已经退出我的胸膛，眸含秋水，唇边带着怯笑，对我说："为了你，我一定会全力以赴。"

说完，她转身快步走进会场。我愣在原地，眼睛里是她婀娜的背影，脑海里是刚才她大胆的拥抱、主动给我的零距离，耳朵里是她口中“为了你”三个字的回音。我此时一定咧嘴笑得像个傻子，不然不会有人像看傻子一样看我。

故作镇定地出了会场，我估计我奔跑在大街上的速度，一定比当初读高中的时候被海容眸光电晕、骑自行车狂奔的时候还要快。

赶到医院，我心绪未平，没敲门就推开了老爷子的病房大门，而且因为兴奋过度，没控制好力道，门撞到墙上的声儿弄得有点大。

病床上的老爷子吓一大跳，直接朝我骂过来：“死小子，我还没死呢，奔丧也没你这么大动静！”

我忙不迭赔着笑道歉，走到老爷子的病床边。老爷子跪在床头，屁股一撅，正拿着颗围棋子，往床尾用被窝团拱起的洞里弹。老爷子还特认真，单眼瞄准半天，左边移移，右边挪挪，围棋子弹出去没进洞，他坐回床头，懊恼地大叹口气。

“爷爷，这又是你发明的新游戏？”我乐呵呵地问。

“是啊，是啊。”老爷子来了兴致，起身拉我，“快来陪我一起玩。”

我瞧见床头桌上一点没动的饭菜，拉把椅子坐到床边：“爷爷，吃了饭，我带你去楼下小花园散步。”

老爷子偏头想了下说好，自己拉起被子盖上，半躺回床头，嘴一张，像个孩子似的等我喂饭。我端起碗，盛起一小勺喂进他嘴里，问：“好吃吗？”

“不好吃。”老爷子直言不讳，嫌弃得把皱纹都挤到一起了，“比我孙女做的差远了。”

“爷爷，海容她今天有个很重要的竞标会要参加，过不来，您别生气。”

“哟，怎么好像你们是两口子，我是个外人啊！”老爷子酸溜溜地道。

我嘿嘿一笑，喂他口菜，尴尬地说：“爷爷，您可真会开玩笑。”这种好事，我也不是想了一天两天了。

“跟我说说呗，为啥喜欢我们家海容？”老爷子慢条斯理地嚼着菜，看似随意地问道。

我喜欢海容也不是一天两天了，老爷子猛然这么一问，我才发觉自己真没认真想过。我边慢下喂饭的动作，边开始琢磨。

琢磨高中时她那条嫩绿色的长裙；琢磨多年后重逢时她自信成熟的笑容；琢磨她蹲在角落惊恐地向我伸出手；琢磨我们情不自禁、差一点就能成功的吻；琢磨在公司内部选拔会上，她那句掷地有声的“不行”……一直琢磨到刚刚她的拥抱，余温尚在……

“喂喂喂，死小子，喂饭呢，还是逗猴儿呢？”

耳边响起老爷子有些恼火的声音，我从神游的心思中被拽回来，奇怪地向老爷子看过去，眼睛一定。原来，我握勺子的手毫无意识地做着凌空画圈的动作，老爷子抻长脖子，大张着嘴正到处够勺子里的饭。我忙稳住手，把饭送到老爷子嘴边，他一口吞下，伴随我的道歉声，盯着我狠劲儿地嚼，好像嘴里的不是饭，而是我陈远。我傻乐了一会儿却不管用，没话找话道：“爷爷，您刚才说什么来着？”

老爷子“哼”了一声：“臭小子，瞧你一副想到我孙女就流口水的样子，我就知道你喜欢我孙女喜欢得不得了。”

“那是，那是！”我拼命点头，认真地看向老爷子，“爷爷，其实海容工作的样子最漂亮最自信最有魅力，像站在舞台上众人仰望的女神。”

“是吗？”老爷子似乎想象了一下，耷拉起眉毛，失望地叹了口气，“可惜我没机会见到孙女工作时的模样。”

我灵光一闪，放下碗筷站起来，兴奋地道：“爷爷，海容现在正在为一场非常重要的设计竞标会做陈述。要不，我模仿给你看看？”

“模仿海容？”他问。

“是啊。”我答。

他手指向我一杵，惊讶地问：“你一大男人模仿女的？”

我点点头：“对啊，这不是为了逗您开心嘛，我演猴子都成啊。”

“好好好，”他乐呵呵地鼓起掌，指向窗外，“吃完饭，咱们去小花园，你演给我看。”

老爷子总算高兴了，我想也没想，马上同意。

我早该知道，能制得住老雷这只猴头的是如来，老爷子的本事被我低估了。一扶他走进小花园，他立刻声音洪亮地热情召集周围所有的病友和护工聚过来，说一起来看我的精彩表演。

病房里演演逗老爷子开心就算了，一下子被围得像街头卖把式赚吆喝的江湖艺人，我一结实大小伙儿顿时忸怩了，忙跟老爷子打商量，要不他一人看看得了。老爷子眼睛一瞪，理直气壮地说：“不是设计竞标会吗？不可能只有他一个观众吧，当然是人越多越像啊！”说完，他还撺掇身旁的病友一传十，十传百，再多邀些人过来。我腿都吓软了，狂说不用，他才作罢，让我放心大胆地表演，临了还加了一句：演好了，以后可以做医院文娱活动的固定表演嘉宾。

我的个妈呀，老雷那点能耐算个屎，老爷子才是开天辟地的祖师爷！高，实在是高！

面对几十张充满期待的陌生的脸，我告诉自己，在这里面对满怀期待，总好过在真正的竞标会现场面对冷眼相待。稳了稳情绪，我开始想象海容站在台上幕前，身旁摆着我所设计的索斯洛克金融中心的建筑模型。她面带微笑，自信从容地看向每一位与会者，侃侃而谈："索斯洛克金融中心的设计理念秉承于美国洛克菲勒中心，装饰艺术和现代主义相结合，简单明快，人性细腻。我们将建筑的高端性与居住的舒适性、自然空间与人文设计以及设计的艺术性和创造性很好地融合在了一起，同时吸纳生态低碳的设计理念，营造出了一种既适于居住又适于工作的空间氛围……"

这一段陈述词，是我和海容花了三天时间一个字一个字磨出来的。我在她面前反复演练过不下百遍，从语速重音、停顿呼吸，到每个字该配合什么样的动作，说每句话时该注视在场的哪位关键人物，她运用她的专业经验，毫无保留地提出建议，给我指导。所以我坚信，海容今天一定能比我陈述得更出色。

也许是我的陈述太专业，面前的观众们都没有任何反应，甚至有几个已经起身要走，老爷子脸一黑，低声呵斥他们立刻坐下，又笑眯眯地让我继续。

我对他笑了笑，想象身后巨大的投影幕布上，出现了一幅未来索斯洛克金融中心交通网络的3D图，接着说："响螺湾金融区在地理位置上享受着海运、河运、空运、高速铁路、高速公路、城际快铁带来的方便和快捷，在内部交通规划上，采用了道路交通、轨道交通、水上交通、步行交通和地下通道相结合的多样交通组合，因此，我们在设计上考虑到最大程度地享受这些方便和快捷条件。

“我们在设计上，采用了国际领先的地下交通系统，包含地下车行系统、地下步行系统、地下停车系统、地下轨道交通系统、地下竖向交通系统。我们设计了一整套发达的地下空间立体架构，充分利用地下空间，实现地铁、地下商业区和停车场的全部连通，实现了活力循环。”

我和之前无数次的演练一样，在这里顿了顿，目光炯炯地看向全场最关键的人物——索斯银行的CEO。当然，此刻在我面前的病友护工中，最关键的是老爷子，我眼神明亮地盯着他，说出最后一句话：“我们建造的这座迷你型都市，不是为了取悦上帝，不是为了创造奇迹，”我摊手一一对向席地而坐的观众们，“而是为了让这个都市里的每一个普通人，比如你，比如你，比如你……可以舒适、健康、方便地在这里工作、生活、观光、消费和娱乐！”

准备数日的陈述，虽然换了个毫不相干的场所，我一口气说完，仍如释重负地长舒口气。面对可能完全没有听懂、变得鸦雀无声的临时观众们，我不好意思地挠挠头，不知接下来该干什么。

突然，坐在中间的老爷子霍地站了起来，冲我热烈鼓掌，我感激地向他点头致敬。孤独而响亮的掌声又带动起他身边所有的人起立为我鼓掌，像是回到了竞标会现场，我仿佛看到海容也得到了所有评委的鼓掌赞誉和一致好评。

一场虚假但仍令我心绪起伏的陈述表演结束，我扶老爷子在树荫下面的长椅坐下。老爷子似乎有些累了，半眯着眼望向远方，幽幽开口：“小子，想不想做我的孙女婿呀？”

老人家的脸上总有种时光历练过的沉淀安详，像壶用土窑罐子装着的陈年老酿。我太年轻，看不出他是随口开个玩笑，还是认真地提问，愣了愣，不知如何作答。

“爷爷，你说什么呢？”

身后响起海容如孩子撒娇的声音，我忙回过头，海容和胡姗姗笑容满面地走近我们。胡姗姗看到我，脸立刻拉了下来，没好气地对我说：“这儿没事了，你可以走了。”

老爷子见孙女来了，忙招呼海容在身边坐下，拉着她的手问东问西。海容乖巧地挽起老爷子胳膊说笑开，得空看我一眼，她只是点头微笑。我有点尴尬，对老爷子说：“爷爷，我先走了。”

老爷子正享受着天伦之乐，没有多余的闲工夫，也只道了句“有空常来”。我对着两个都没看我的祖孙俩应了一声，失落地转身离开。

垂头丧气地走出医院大门，我才想起来，没有问问海容竞标结果到底如何。再回去问恐怕不太好，问胡姗姗或者董事长恐怕更不太好。正犹豫着，手机响起了信息提示音，打开一看，短信来自海容。

“陈远，我们成功了！！！”

三个感叹号后面还跟着一个烈焰红唇。我忧虑的情绪当即烟消云散，转而欣喜若狂，飘然遐想开来。要是得知这个天大的喜讯时是我和海容单独相处，不管出发点是什么，她一定会再给我一个热烈的拥抱。我也一定不会再发愣，只会像电影里演的一样，抱着她满地乱转。

正如歌里所唱：你是这样一个女人，让我欢喜让我忧，让我甘心为了你，付出我所有。

索斯洛克金融中心的设计标被一家无甚名气的国内公司竞走，设计方案还是出自于一个名不见经传的本土小设计师。这个消息无疑像一枚重磅炸弹轰炸了整个建筑设计行业，也无疑成为了滨海城建集团成立以来最辉煌的一笔，也是最值得书写载入公司发展年册的大事件。为此董事长特意包下了本市最豪华的西餐厅，打算在周末开一场盛大的庆功宴。

庆功宴的前一天，我的计划是主动邀请海容相伴出席，借机向她表白，成功或者失败将最终决定她的出席身份是女朋友还是女同事。还没等我构思好适合的邀请词，她先来了电话，直截了当地说她穿着礼服不方便开车，让我今晚去接她参加庆功宴。

离庆功宴开幕不过大半天，我坐在老雷的办公室里，忽然有种“近乡情怯”的感觉，又开始优柔寡断得像个娘们儿了。心情复杂，怕被拒绝、被嘲笑、被忽视；如果被接受、在一起了，又害怕她慢慢发现我不够好。

我估计我已经心事重重地憋出一张扭曲的脸来了，琪琪却还拎着几条我肉眼根本看不出有任何差别的领带，在我面前晃来晃去。烦我也就算了，她居然还递给胡杰，支使他把领带比到我胸口，好让她瞧瞧配不配。

胡杰拿着领带杵过来，我立刻有种先下手为强、抓领带勒死他的冲动。烦躁地撵开胡杰，琪琪又举着根黑笔凑到我眼皮子底下，我大惊，侧头躲开，质问道：“你干什么？”

琪琪晃着手里的黑头笔，神采飞扬地说："给你画个眼线啊！现在韩国的这个欧巴、那个欧巴，都流行画眼线。画一副迷死人的电眼，林海容保准被你迷得晕头转向。"

我都惊了，这是什么流行趋势啊！抽走琪琪手里的眼线笔，我不爽地说："我一大男人画眼线，你是想让她拒绝我的时候，看着我有亲切感，口下留情吧？"

"切！老土！"

琪琪抢走眼线笔，拉着胡杰走到一边，说要用他做示范，让我见识见识无敌电眼的巨大威力。胡杰暗爽得不行，琪琪站着，他坐着，他的脸正好面对琪琪的胸部，眼皮都被琪琪翻得嗷嗷叫了，他还偷偷朝我们竖大拇指。

一直没说话的老雷走到我跟前，教育我道："你千万要记住，当一个女人准备接受你的时候，也是她准备考验你的时候。越是在这个时候，越要保持头脑的冷静。"

我深吸口气："我尽量吧。"

那边的琪琪插进话："这次竞标你这么扬眉吐气，那你的梦想是成为世界一流的设计师呢……"胡杰配合默契，问出下一句："还是娶林海容做你老婆？"

想也没想，我回答道："当然是娶海容当老婆啦！"

"好样的！"老雷拍上我的肩膀，"爱情就像一场战争。今天晚上就是你向林海容宣战的时刻，高手出招，一定要一剑封喉。"

我挺身而起，望向窗外的蓝天，仿佛是海容在对我微笑。伸出右手，我深情地说："我爱你，你愿意嫁给我吗？"

琪琪和胡杰同时大声道："OUT了！"

一只手抵着桌子沿儿，我歪头斜眼，筛糠似的抖着肩膀，无所谓地说："妞儿，小爷我稀罕你了，跟爷走呗。"

琪琪和胡杰又同时大喊："匪气了！"

我手插裤袋，清清嗓子，动情地演唱："你是我的玫瑰，你是我的花。你是我的爱人，是我的牵挂。"

琪琪和胡杰再次高喝："俗气了！"

我没辙了，颓废地坐到椅子里。老雷笑起来，神神叨叨地说："爱这个词有的时候是不需要说出口的。当你巧妙地表达你的爱意的时候，适当地来点冷幽默，那就更绝了！"

"冷幽默？"太深奥了，我只会讲冷笑话。

老雷说："这个没法教你，你需要视场景随机应变。不过，在这之前，为提高胜算，你可以先制造出良好的氛围。"

"怎么制造？"我问。

"女人都是感性的动物，喜欢听好听的话。"老雷朝琪琪看去，"琪琪，你是我见过的最聪明的女人。"

琪琪一乐，得意地说："那当然啦。"

"看到没有？"老雷转过头，接着对我说，"你要先恭维她，不仅是恭维，你还得变着花样恭维她。"

我明白了："这不就是拍马屁嘛！"

老雷一拍桌子："千穿万穿，马屁不穿！"

琪琪走过来："照死里拍！"

胡杰也走过来："拍死拉倒！"

正聊着拍女人马屁，我也没个准备，琪琪突然按着胡杰的脑袋贴到我眼皮子底下，问：“怎么样？”

胡杰不大的眼睛一圈黑，拼命对我眨眼，像在用眼皮夹苍蝇，太不怎么样了！死人都能被吓活，鬼都能被吓死！我掰过胡杰的脑袋，让他和琪琪近距离地面对面，反问道：“这张脸要是对你表白，你感觉怎么样？”

琪琪一阵干呕反胃，说：“我想照死里拍他。”

老雷附和：“拍死拉倒。”

琪琪又把胡杰拉到一边帮他卸妆。这回两人的姿势不会让胡杰觉得太爽，因为琪琪是直接把他的脑袋当西瓜按在桌子上，抽了张纸巾刷马桶似的使劲儿擦。

回归正题，我接着问老雷：“要是万一表白成功了，我接下来该怎么办？”

他的眉毛立成倒八字，眼睛瞪圆了，半天不再答理我。我急了，追问道：“肿么办？肿么办？”

“都这个时候了还犹豫什么？”老雷气得操起手掌拍我后脑勺，“肿么办！肿么办！傻呀你！该亲就亲，该啃就啃，该上床就直接脱衣服啊！”

我躲开老雷的铁砂掌，奔到琪琪胡杰那边。他们一人揽住一边的肩膀，把我围在中间。胡杰回头看了眼老雷，悄声对我说：“最后再叮嘱你一句：珍惜生命，远离灭绝师太。”最后俩字他说得都快吞进肚子里了。琪琪握拳道：“保重！”胡杰也握拳道：“自求多福吧！”

望着眼前的俩拳头，我不禁打了个冷战。

穿着老雷他们仨一致称赞的铁灰色西装，打着据琪琪说是我今天的幸运色的领带，被他们从头到脚检视了三遍又三遍后，我怕路上堵车，提前出了餐厅门。一路畅通，车到了海容家楼下，我看时间还早，没有给海容打电话，坐在车子里静静地等待。听琪琪讲，遇到这么重要正式的场合，女人一定会精心打扮一番，以达到惊艳全场的目的，所以做男人的也一定要学会等待，这是一种绅士风度的体现。

等了没多久，海容先来电话了，问我在哪儿。我说在楼下，她说立刻下来，便挂断了电话。

推开车门，我双手插进裤子口袋，随意站在琪琪所指示的副驾车门前。她说，以这样潇洒的姿态，站在这样顺手就能为女伴拉开车门的位置，如果我身后的是辆百万豪车就更完美了。胡杰难得地对她嗤之以鼻，指着我的脸说，这副模样就价值百万，好吗？

我倒不指望我这张脸价值百万，只希望待会儿海容下来，看见我这努力做出的装样，别以为她欠了我几百万。竖耳朵听见电梯叮的一声，我迅速调整出传说中“迷死人不偿命”的笑容。琪琪说，女人喜欢有杀伤力的笑容。我觉得太难了，请老雷示范。他一摆手说，没法示范，女人喜欢的东西，通常都只能意会，比如浪漫，比如惊喜，比如晴天的雨靴、冬天的凉鞋……

我不知道我意会得对不对，听见高跟鞋清脆的声音，看她走出来，我想我大概只剩下意淫了。海容穿了一件天蓝色的连衣裙，简洁大方，衬得她肤色粉白。长发松散地斜绾在耳后，戴着水滴形的耳环，没有过多修饰，也没有我弄不懂的搭配。

她走到离我几步之遥的地方顿了顿，两颊笑容更深，仿佛霞光荡漾。再走近我时，我已经虚化掉了她周围的一切背景，极尽想象，大概九天仙女下凡尘也不会比她更惊艳。她站在我面前，仰起头将我打量，眼睛里有流溢的光。她身上散发着一种专属于她的香气，我无法明辨香味的组成，但可以认定这就是为海容量身定制的。原来，女人香不仅是可以闻到的，也是可以看见的。

“陈远，不错嘛，你今天很帅呀！”海容说着，眼睛里都是笑。

“谢谢，你今天……”

话没说完，她抬手做了个禁止说话的动作，看似严肃地说，“你如果说我今天也很漂亮，我就会假装生气地问你，我平时不漂亮吗？然后，你会想尽办法称赞我。这样的对话太没意思了。”

“我其实想直接说，你今天比平时更美。林小姐，请吧。”

我笑着摇头，打开车门，伸手向她发出上车的邀请。她轻笑出声，将手给我，在我的牵引下优雅地坐进车里。女人终归还是最懂女人，琪琪教导有方啊！

坐回驾驶位，我按照琪琪的指示眼尾余光扫过海容胸前。因为她说，如果女伴忘记系安全带，这绝对是个制造暧昧的好机会。我可以名目言顺地突然靠近她，故意停在一个让她脸红心跳的位置，却只是装正人君子，淡淡地说，你忘了系安全带。

可惜，海容有在国外养成的好习惯，一上车就把安全带系好了。不敢多在容易令人产生遐想的部位流连，我忙目视前方，发动车子。

车子行驶上马路，我立刻开始回忆老雷和琪琪的耳提面命，中心思想是如何与爱慕的对象展开一段轻松而有趣的对话。老雷建议先放点轻音乐，显得有格调；琪琪则说要放摇滚乐，才够另类。老雷说可以聊聊旅游美食，显得有情趣；琪琪却说聊文艺电影，才够品位。老雷提议百家讲坛，琪琪推荐探索发现。老雷说分析国际形势最显摆，琪琪说分析星座才最贴心……俩人像杠上了，最终也没达成一致，只有一点特别异口同声——千万别聊工作。

我谨记心中，没想到海容倒先开口聊起了工作。她说起了几天前那场我错过的竞标会。她上台陈述前，现场工作人员居然放错了建筑模型，虽然很气愤，但她还是用玩笑的方式化解了尴尬。她的设计陈述圆满完成，得到了所有评委的一致认可，索斯银行的CEO甚至不太合规矩地朝她竖起了大拇指。她还说，她的老师史密斯先生很欣赏我的设计，对我大加赞赏……

我一直很认真地在听，偶尔才敢分心扭头，去捕捉她脸上变幻多彩的表情。原来她蹙眉的同时会习惯性地向右偏头；原来她语速很快的时候，口头禅是“你知道吗”，微微上扬的尾音，像在极力挑逗你的好奇心；原来她说话时最喜欢用的手势是举起半弯的左手，细长的手指在空中轻点。原来近距离观察她的一举一动这么有趣，我完全忘记了老雷和琪琪的谆谆教诲，车子开到目的地才将将想起来，可已经来不及了。

停好车，我绅士地挽着海容步入庆功会现场。跟事先排练好了似的，场内随即音乐齐响，彩带飞扬，欢呼震天。所有人像心理感应通了电一样围拢过来，把我们当成国际巨星吹捧称颂。其中，我最受用的一句是“你们今天真是郎才女貌”，最膈应的一句是“海容，待会儿你可得单独给我传授一下你的成功秘籍”，最忐忑的一句是“陈远，你好帅呀”。

我的确没经历过什么大场面，受不了声势猛烈的“群殴式”恭维，面对一张张雷同笑脸吐出的雷同褒奖，我有点犯晕，好像表扬别人是一件耗氧量极大的事情，使得我周围的空气都不够用了。忽然感觉手臂一紧，我下意识地侧头看向海容，她笑靥如花，用唇语对我说“放轻松”。我回她以一笑，随即安定下来，效果立竿见影，她简直就像我的空气清新剂。

没过多久，萦绕场内的音乐声戛然而止，所有人自动向两边退开，让出一条小路，董事长面带笑容，从那头迈着稳健的步伐而来，如达摩渡海。我敢肯定这不是事前安排好的，就是大家对这套流程太熟悉，熟能生巧。

董事长走到我们面前，主动握住海容的手：“这次竞标成功，你不仅为我们中国人争了气，还是咱们滨海城建集团的大功臣呀！”

海容不失礼貌地抽回手：“董事长，这您应该感谢陈远，因为作品是他的，他才是最大的功臣。”

“不不不……”身处这样华而不实的大场面，我也是有几分天赋的，忙谦虚地摆手道，“没有林总监，我也许还做着清洁工，在打扫卫生呢，更别说完成这个设计了。”我抬起头，看向在场所有的人，“再说，设计部的同事们也给了我很多帮助。”

“说得好！”董事长声音洪亮，从适时出现的胡姗姗手中接过香槟酒，向全场示意，“今天晚上为你们设计部集体庆功，大家玩个痛快！”

老大一发话，表示过场走完，所有人纵声高呼，迎接狂欢。

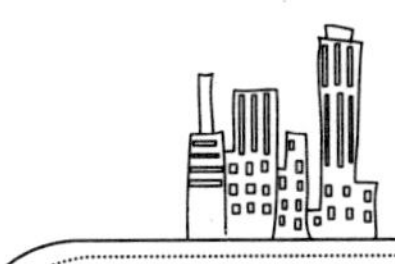

Chapter 10

灭绝师太也有春天

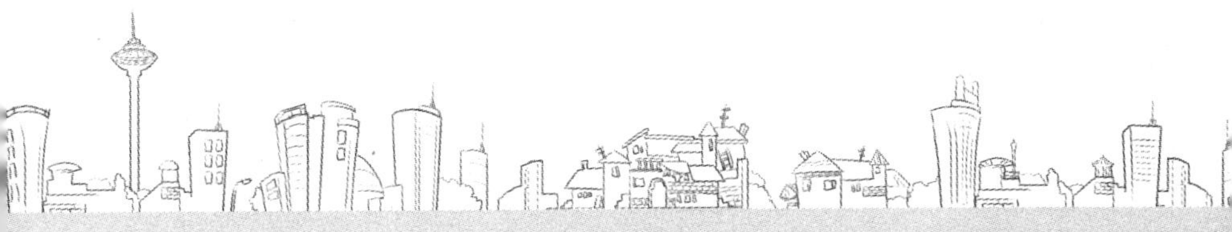

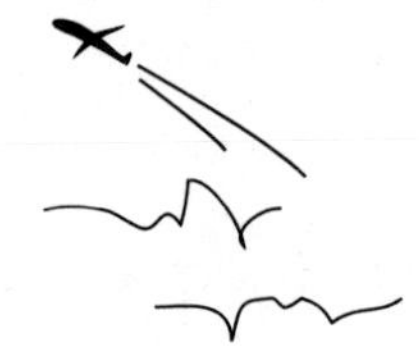

庆功会就是用来尽情挥霍享受的。有佳肴，大快朵颐；有美酒，举杯畅饮；有音乐，相拥旋转。我酒量不好，也不会跳舞，只能站在角落吃着东西并一饱眼福。看见海容端着酒杯走过来，我忙放下餐盘，对她微笑。

她看了一眼我面前的餐桌，抬起头，笑问：“为什么不和大家一起玩，不喝酒，也不跳舞？”

我认真地回答她：“我不会跳舞，怕别人出事故。我酒量也一般，怕自己出事故。”

不知道我这句话算不算冷幽默，总之海容很给面子地笑了。老雷上午说，当你的冷幽默让女人笑的时候，你一定要分清楚她究竟是觉得你真的好笑，还是觉得你真的可笑。我不解，问怎么区分。他说，你只要再动情地喊一声她的名字，如果她是笑着看向你，证明你大获成功，如果她收敛笑容，你就可以把自己当笑话处理了。

“海容。”

“嗯？”

还好，还好，海容的笑容没有消失。她笑着等待我的下文，我却愣住了。我只是为了验证我的上一句话，完全没想好要说的下一句话，随机应变道："谢谢你对我的信任和鼓励。"

海容放下酒杯："我记得你曾经跟我说过，你的梦想是成为世界一流的设计师。"

我点点头。如果不成为最优秀的，就没法和最优秀的你并肩而立。

她没有说话，从随身携带的手包里掏出一个白色信封，递给我，面容沉静："现在我可以帮助你实现你这个梦想了。"

虽然光听她的话，我已经猜出信封里的大概是什么东西，可看她平静的样子，我又不确定了。接过信封，抽出里面的卡纸，是一张全英文的邀请函，看见上面最醒目的图标，我脱口道："美国？"

"对，去美国。"海容又加重语气重复一遍，"我的老师史密斯先生答应我了，收你做他的关门弟子，可以为你提供更好的设计环境和更多的工作机会。"

"真的？"

我明白我手里这张薄薄的纸意味着什么。它意味着我将走上一条多少年轻设计师梦寐以求的捷径，比他们至少少奋斗五到十年就能跻身世界顶尖设计师的行列，好像我面前的海容，她当年以中国女留学生的身份成为史密斯的第一位亚裔学生，已经轰动了整个建筑设计领域，更不用说她现在的傲人成绩。

这是一个充满诱惑力的邀请，它会给我一个充满辉煌的未来。可是我也明白，在我没有被肯定，被赏识，也完全看不到未来的时候，是谁给我了巨大的动力。我把手里的邀请函递还给海容，轻声问："我可以不去吗？"

她没有接过去，惊讶地问，"为什么？"

“我当然想做世界一流的设计师，但是我……我……”

眼神疑惑的她越发专注地看着我，微微向我倾身过来，也没有自觉。我知道，这是我终于等来的一次机会，鼓起最大的勇气，铿锵坚决地对她说：“但是我更喜欢和你在一起。”

海容眸光一亮，眼帘一垂，呈现出一丝羞涩神态，有婉转的娇媚，有矜持的妖娆。老雷说得没错，羞怯的女人最迷人。可他没跟我说，被女人羞怯以待的男人会心如擂鼓，想霸道地把女人收纳入怀，美色自赏。可海容还没给我一个明确的答复，我不如权当她默认。下一秒，她忽然开口，定定地把我望进漂亮的眼睛里，像个花样年纪的少女：“庆功会结束以后，你可以送我回家吗？就像我们第一次认识那样，我们一起走回去。”

男人嘛，总是最容易在征服女人之后自信倍增。我依然心潮澎湃，却也装得一派淡然，正色道：“对不起，今天晚上我不能陪你走回去了。”

海容很是意外，张口想问为什么，又抿下唇，视线垂落，毫不掩饰脸庞上的失望之色。

我大胆地俯身凑近她的耳边，轻声道：“因为你今天晚上穿的是高跟鞋，如果你愿意的话，我愿意背你回去。”

在我离开她的耳际时，海容愣了一下，我却清楚地看见她腮边晕开的红霞。她瞪起杏眼，我忙双手合十求女侠饶命。我都不知道自己的搞笑功夫进步得如此之快，她一下没憋住，又笑了，操起手包打上我的肩头，笑嗔道：“讨厌呀你！想得美！”

我不躲不闪，任由她打。女人的小情绪、小脾气发起来，又有另一种美感，一种只能为你所左右的美感。我一把擒住她纤细的手腕，稍稍施力拉她与我相对，低头将她锁在我的眼睛里、我的怀里。

她打累了，呼吸有些急促，红唇微张。不用回忆老雷的教导，我也知道这个时候我该做什么。一只手环在她的腰间，我慢慢向她靠近，她顺从地闭上眼睛……所谓环境好，所谓气氛佳，日思夜想的吻我志在必得……可我忘了，这地方人也多……

“海容！”

胡姗姗这一声喊得不高不低，不早不晚，时机正好够我欲罢不能地掠过海容柔软的香唇，响度也正好够我和海容同时弹开，压抑情潮，强装无事。

“海容，你设计部的下属们正到处找你。”胡姗姗更是像个没事人一样走到我们中间，推着海容，催促道，“他们等着你呢，说一定要跟你这个上司多喝几杯。”

海容不好推辞，回眸柔柔地看了我一眼，走入设计部同事们把酒言欢的会场中央。她一走近，人们便开始起哄，都把酒杯端起来往她面前送。她既不推诿也不多话，干脆地接过酒杯，说了句什么，引得所有人齐声叫好，共同举杯痛饮。

她尽情地笑，愉快地说，爽快地喝，我远远看着有些出神。所有人都知道海容的好，可只有我一个人得到了她，这就是种幸福的骄傲，或者说骄傲的幸福。

“小子！”

一惊一乍的胡珊珊吓了我一跳，她浑身是刺儿的灭绝师太样子又生动再现了。她双手环抱，仰起头，拿眼角余光睇我：“不显山不露水的，手段不错嘛！”

我直接装二愣子："我不明白你在说什么。"

"我跟海容说，你这种男人我见多了，只想利用女人不顾一切往上爬。谁知道你是喜欢她这个人呢，还是喜欢国际一流设计师的身份。海容拿史密斯的邀请函试探你，你可以啊，居然不上当，是不是想放长线钓大鱼啊？"

"胡总监，我是真的不想去美国。美国多乱啊，有海啸有飓风，没事儿看个电影还能免费挨两枪。"

我比老雷先摸索出来，遇到灭绝师太这样的绝世高手，就应该从战略上藐视她、战术上糊弄她，所以信口开河地说道。胡姗姗上当了，板起脸孔："甭在我面前装傻！我警告你，离海容远一点。你要是敢做半点对不起她的事……"

"董事长好！"我头一偏，看向她身后，稍息立正站好。

胡姗姗条件反射地往后看，我趁机溜墙边逃走。她在后面尖声厉嗓，我全当听不见。

"你给我回来！"

怎么可能回去！老雷说得对，女人总爱莫名其妙地有些不切实际的幻想。

庆功会嘛，反正所有开销都是从董事长钱包里反刍出来的血汗钱，明理的人都晓得要敞开了吃、敞开了喝。海容是设计部的一把手，被同事灌起酒来，也是豪爽地一口闷，越喝越神清气爽，越喝越耳聪目明。我原以为她真是酒中豪杰，千杯不倒。结果一出庆功会，半夜里凉风一吹，就把她吹得有点不太对劲了。

等走到回她家必经的一条巷子，她已然和往日大有不同。我的西装外套披在她身上显得空空荡荡，也显得她越发娇小玲珑。她一只手拎着高跟鞋，一只手挡着随身手包，一会儿在马路牙子上踮脚走平衡木，一会儿又跳下来，老实走两步，嘴里还大声唱着歌。跳上去唱一首，跳下来又唱另一首，上上下下，两首歌非但不跑调，还不被唱串。我紧跟在她后面，哭笑不得，猜不透她是真的醉了，还是太高兴，玩心大发，毕竟她有个童心未泯的爷爷。

“哎哟！”

她唱着唱着突然吃痛地喊了一声，像是没踩稳，眼看就要从马路牙子上摔下来。我一步迈到她身边，挽住她的腰，好像还是晚了一步。可她没显出丝毫异样表情，只站住脚，半眯着眼迷迷蒙蒙地盯着我，双颊绯红，好像只要一直宝贝地看着我，我才不会跑了一样。

“你喝多了吧？”力求心无杂念，我极力克制道。

她像变魔术一样，伸手就把耳后的发髻松开了，长发散落。她随性地甩了甩头定住，发丝凌乱地挂在她的姣好面容上，故意不怀好意地笑着对我说：“喝多了好哇，喝多了就不用装淑女了，哈哈……看到我的庐山真面目了吧？怕了吧？”

说完，她像头小狮子一样，张牙舞爪地冲我低吼一声。

老雷说得太对了！微醺的女人果然风情万种，我哪儿想得到海容还有如此狂野美的一面啊！弄得我有点不好意思了：“其实你不喝酒时蛮可爱的。”

她侧身只手撩拨长发，眸含秋水，送了我个如丝的媚眼：“那喝了酒呢？”

“喝了酒更可爱。”

她乐得前仰后合，我怕她再摔跤，伸手去扶。她突然掐住我的脸，微嗔道：“你这张小嘴怎么越来越甜了，都谁教你的？”

看来她不是微醺，是喝大了，都改调戏我了！

我拉下她的手，想牵着她继续往前走。她可能因为没得到想要的回答，使起小性子，一把甩开我，自己刚迈出一步，又是“哎哟”一声。我忙上前扶住她，转身蹲下，指指自己的后背：“上来。”

她摇摇头，似乎还在生气。我加重了语气：“上来！”

她咬起手指，像受了多大的委屈一样犹豫了会儿，我只好更为严厉地说：“不上来，我走了！”她才听话地攀上我的背。

温香软玉在背，她的脸紧贴着我脖子，呼吸时轻时重地打在我的皮肤上，像在挑逗我一颗早就蠢蠢欲动的心。我想转移注意力找她说话，说五句，她只回答一句，还简略到像是鼻子里的哼气声。四处看风景吧，天太黑，我什么也看不清，而且东张西望太频繁太明显，容易被偶尔经过的人民群众见义勇为，英雄救美。

我加快脚步。不知怎么回事，海容又在我背上乱蹭起来。这难道是对我正人君子风范的终极挑战吗？不能够啊，我酒肉都穿肠过了，道行没有高到佛祖可以心中坐，不得不沉声道：“别乱动！”

肩膀上的海容好似不高兴地哼了几声，没有说话，也没再乱动，我的心才渐渐平静下来。以往只要五分钟就能走完的一段路，我背着海容走了将近二十分钟才走到她家楼下。

从会场里我对她的表白开始到现在，我觉得好像一切都不太真实，因为等待准备了太久，终于到来的幸福就变得太快太突然。像一场酒醉、一场梦，酒醒梦醒之后，剩下的可能都是一样的满身狼藉。

可我总背着她也不是个事儿，平时缺乏锻炼，我现在已经满头虚汗、腿肚子打闪了。我扭过头对一动不动、似乎已经睡着的海容柔声说："到了。"

她好像很久才听进耳朵里，半天终于有了反应，慢悠悠地抬头左右看了看，半清不楚地嘟囔道："哦，放我下来吧。"

轻轻放下海容，我挺腰站直，转过身。海容扶着头，仿佛没了重量的一片蓝色羽毛，跟随夜风翩翩晃荡，嘴角却染着醉意浅浅的笑。突然，她一个不稳，像是又要摔倒，我伸手扶上她的纤腰，她凉凉的手搭在我的臂上，抬起头，眼神迷离带雾，冲我眨了很多下，似乎才对准焦距，笑意荡漾。

"原来是你呀，陈远。"

"嗯，是我。你还好吧？"

"不好！"她嘴一撅，仰起头望了望她家所在的单元楼，再转看回来脸上又多出几分羞涩，压低声音对我说，"家里没人，你上来吗？"

"什么？"我听清了，又或许没听清，张口急问。

"哎呀！"她一把推开我，星眸微嗔，像朵最娇艳带刺的花，而后抿唇，嗲声哀怨地说，"我已经半年多没碰过男人了。"

我想：首先，这句话不是句冷幽默；其次，这不是赤裸裸的暗示嘛！海容这酒后风情解得有点太奔放了。老雷只是说，微醺的女人适合男人一夜风流，因为她的思想是松懈的，意识却是清醒的，不至于翌日清晨翻脸不认账。那如果我现在对海容有什么非分之想，是不是算乘人之危呢？

不对，老雷说的是一夜情，我可不打算一夜爱。我对海容是认真的，可以的话，我想日日爱，夜夜情，长长久久。但长久也意味着某些事再也瞒不住了。我凝视着面前的海容，想了又想，缓缓开口：“其实有些事，我想对你说。”

她没有急于问我什么事，只疑惑地望着我，望得我又犹豫了，不敢再想听到我接下来的一番话，她会有什么过激反应。我磕磕绊绊地小心释放出压抑在心底很久的事，难以控制地结巴道：“其实我……我……我以前就是一个独立设计师，我做清洁工的目的，就是为了……为了接近你，为了追求你……我……我……”

“这我都看出来了，你对我蓄谋已久了……”海容打断我的话，食指指着我的鼻尖，狡黠一笑。她挪近我一步，眼睛里有期待，声音里又略带委屈和不舍，柔声细语地问，“怎么？你不想上去呀？”

顾盼生辉，撩人心怀。我默念了无数个“定”字，拼了命地忽视她的再一次暗示，才勉勉强强稳定心神。

“海容，今天你喝醉了，我不想……不想乘人之危。”

“装！”她提高音量，笑怒道，“你怎么比我还能装呢？”

我脖子一缩，眼皮一耷拉，高举双手在耳侧，立刻装出一副无辜的样子。

她眼珠一转，凑近我，神秘地说：“是不是那方面有问题？不行，我得先验验货。”

狡猾的话音一落，她嘻嘻哈哈地笑着，手迅速向我的裤子伸过来。我来不及躲避，擒住她的手，不轻不重地一拉，将海容抱进了我的怀里。

她身子很软，软得像没有骨头，纤弱轻曼，任由我抱着。她也很香，夹杂着酒意的香味，比酒还能醉人。现在哪怕天塌下来，我也不打算放手。美人在前，坐怀不乱的都是神仙。我又不打算做真神仙，有海容这么浓情蜜意地盯着我看，我已经快乐似神仙了。

前两次失败的经验告诉我，犹豫是魔鬼。此刻月色好，人也少，我的顾虑和杂念全没了，动情靠近，忘情轻吻，全身心地投入其中。

这种吻上心爱之人的感觉无法用语言描述，因为我也没有仔细体会思量的闲工夫，一切听凭身体的自然反应支配。由轻到重，由淡转浓，由隐忍至失控，她如果甘心沉沦，我愿意带她放纵。

我们之间这场激烈的拥吻到最后，恋恋不舍地分开，不知道是谁先谁后，或者是不约而同。我们都有点气喘吁吁，海容的嘴唇红而发亮，像颗垂涎欲滴的红樱桃。我在她脉脉含情的双眼中看见汩汩情潮，迸发出自己再无法克制的情欲。

她纤纤玉手环上我的肩膀，含娇细语地对我道："抱我上楼，有本事你今天晚上就废了我。"

我要再忍而不发，就是个傻子！

是时候到我陈远大展雄风了。打横抱起海容，我大步流星地走上了楼……

春宵一刻值千金，千金散尽还复来。

这两句本来前后不搭的诗句放在一起，刚好能很好地概括总结我从漫漫昨夜到此刻光天化日的整个心路历程。

昨晚的种种浪漫、种种恩爱、种种你侬我侬，想起来我就神魂颠倒，欲罢不能。再想到今后越来越多的种种浪漫、种种恩爱、种种你侬我侬，昨晚的良宵美梦又变得好像不值一提了。

这种悱恻复杂的心情，一般人是不能够体会的。以至于我整个中午的兀自傻笑，造成了老雷的羡慕、胡杰的嫉妒，还有琪琪的恨。笑得太久，我自己脸部肌肉僵硬，都有点收不回来了。于是老雷开始临窗抽烟，雾气缭绕，显得空虚；胡杰开始孤坐一旁，呆望琪琪，变得寂寞；琪琪看看我，看看老雷，看都不看胡杰，不寒而栗，大概觉得冷。

我想着想着，笑着笑着，决定还是元神归位，毕竟把淫乐建立在别人的饥渴之上是不道德的。而且老雷这专用于“运筹帷幄，情场制胜”的办公室，也不适合我们弄出些虚无缥缈的人文情怀。

因为前一段时间一直在为紧张的竞标会做最后的冲刺，我和海容周末无休，每天都在加班加点做准备工作。昨晚的庆功宴，董事长特别发话，给我和海容三天带薪休假，好好放松休息。海容现在是我的女朋友，利用这三天增进巩固我们的感情成了当务之急。我这样想着，问向办公室里各有各心思的三个人。

“你们说，这三天假期，我们应该怎么过？我该带海容去哪些地方约会呢？”

琪琪最先答话：“逛街吃饭看电影，打情骂俏盖棉被啊！”

孤坐在电脑后面的胡杰，探出脑袋，巴巴望着琪琪，问：“琪琪，我要求不高，后半句就不难为你了，你能跟我一起完成前半句不？”

“你小名叫豆豆，我就跟你一起完成。”琪琪高深地道。

胡杰挠挠头：“豆豆？什么意思？”

琪琪天真一笑：“吃饭睡觉打豆豆啊！”

“啊，我突然想起来了，我小名是叫豆豆，你愿意跟我吃饭睡觉不？”胡杰故作扭捏，乱晃肩膀，娇滴滴地说，“你好直接哦，人家年纪小，不好意思啦！”

“去死！”

我就知道不论以什么话题开场，最终都能发展成琪琪和胡杰的嬉笑怒骂。还是老雷靠谱，我望向窗边的他，问：“老雷，你说呢？”

他像没听见似的，大半天没反应，眺望着窗外响螺湾的眼睛都发直了。这个表情跟我很熟，我以前思慕海容的时候也是这副德行。老雷曾笑说这是幼稚的思春情绪，宅男必备，活血化淤。我就纳闷，好色而淫是无伤大雅，为什么纯良无害地想女人就不被他待见了？他当时拍着我的肩膀，特语重心长地说，想女人不可怕，就怕想到女人没变化。

平时也没个机会调侃他，现在机会来了，我要懂得珍惜。起身来到老雷身后，我一巴掌拍上他的肩头：“老雷！”

他肩膀一斜，回过头莫名其妙地看我，我也会装模作样地玩高深，沉沉地问：“今天你变化了吗？”

我知道他是中了灭绝师太的毒，没想到毒气攻心如此之深，他居然没有听懂我的话，而且还好像听岔了，半晌才哈哈大笑，对我说：“我估计林海容这辈子都离不开你了。”

这算是迟来的祝福吗？我直接道了声谢谢。

电脑后面的胡杰突然扼腕长叹一口气：“唉……以前的羞涩小男生，现在变成了大情圣。连技术宅男、都市苦行僧都有人欣赏有人爱，为什么没有人爱我……”他说着又情深不寿地望向琪琪，被她一个白眼毫不留情地戳过来，他立马回头看电脑，改口道，“我这些墓碑的照片怎么就没人欣赏呢？这光影，这构图，这创意，真是高手寂寞啊。”

“我看看。”琪琪好奇心四起，撵开胡杰坐到电脑前，气道，“什么光影构图创意，不就是你拍的那些墓碑嘛！阴森森的，谁会喜欢啊？”

胡杰急了：“你要仔细看，一张一张仔细看。”

“行啦行啦，知道了。”琪琪嘴上虽然不耐烦，也没扫了胡杰的热情，边随意地拖动鼠标，边对我说，“好不容易才追上林海容，你可要珍惜人家，不要朝三暮四的。”

我斩钉截铁地说：“一定一定，我保证！”没追上海容前，我也不是朝三暮四的人啊。

“保证也没用……”琪琪突地贴近电脑，眼不离屏幕地朝我们挥手，“你们看看这张照片，上面的碑文挺有意思，对你们男人来说，这就是个教训。”

我和老雷走到电脑前，好奇地弯腰凑近。屏幕上不过就是幅普通的墓碑照片，碑文我没细看，要说真有什么特别，无非是墓碑前放着一个老式的塑料娃娃。那是上个世纪常见的款式，估计是放了有些时日了，看起来非常旧，非常残破，一只眼睛还被挖空了，多看几眼都觉得瘆得慌。

“咦，我还真没注意过这张照片，现在的祭拜流行用鬼新娘了吗？”胡杰打趣地道。

琪琪立刻还嘴：“明明是个小娃娃，什么鬼新娘？要说也得说是鬼童养媳，好不好？”

俩人越说越离谱，对男人有教育意义的碑文我也不想看了，直起身催促琪琪道：“好了，关了吧。”

“慢着！”老雷抬手一挡，制止了琪琪关闭照片的动作，又叫她让开，然后自己坐到电脑前，大眼不眨地盯着那张照片看。他看得出奇认真，像在玩“大家来找茬”，恨不得眼睛都扑到屏幕上了。

我们仨完全闹不明白他这又是唱的哪一出，站在他身后等他看够了，替我们答疑解惑。时间走过十五分钟之久，他突然拍案而起，又恍然大悟地拍了拍自己的脑门，冲出办公室，置我们于不顾。我觉得事有蹊跷，追上他，大声问：“老雷，你干什么去？”

他一刻不停，急急回答：“找胡姗姗！”

“找她干吗？”

“去墓园！”

啊！上次胡姗姗拖他去墓园，我以为是有血案发生。这次，他盯着墓碑看了不下半个小时，同样的台词又来了一遍，我自然而然地又联想到了惨绝人寰的血案。不作他想，我直接跟在了他身后。

从餐厅到公司的一路，他又把轿车当F1，把脚下的油门当无敌风火轮，还来了个升级版——高速驾车打电话。我再次担心会死在他的方向盘下，即使心中百般好奇，完全没听清他电话里讲了什么，也没开口问他究竟是何居心、有何目的。

风风火火地冲进滨海城建集团大楼，老雷轻车熟路地直杀向人力总监办公室。我都来不及阻止他，他已经砰的一声把门撞开，走了进去。正在工作的胡姗姗被吓得弹起身子，见来人是老雷，随即敛住惊色，换了副冷冰冰的面孔。她没再多看老雷，直接朝我这边瞅过来，狐疑地问：“你怎么在这儿？不是休假了吗？”

站在门口的我一路火花带闪电，竟然忘记了我和老雷不应该在同一时间出现在同一地点，而且我今天还正好休假。情况紧急，急中生智，我道："我回公司拿点东西，刚好在大厅看见他冲进来，觉得挺眼熟的，想起来他就是那天在楼下骚扰过你的人。我不放心，所以就跟来了。"

老雷不愧是我陈远多年的兄弟，知道这个节骨眼上胡姗姗一旦开口，我必然露馅。他不等胡姗姗说话，直接绕过办公桌走到她身边。坐着的胡姗姗慑于他迫人的高度和骇人的气势，往后躲了躲，生气地问："你干吗呀你？"

老雷一把抓住她的手，拉她站起来，不容置疑地说："你跟我走！"

胡姗姗使劲扭动手腕，却挣脱不开，急道："我不走！放开我！我在上班！"

"不走我就把你扛出去，你也知道，我什么浑蛋事都干得出来！"

老雷说着弯下腰，逼近胡姗姗，作势要抱她。胡姗姗大惊，一下跳了起来。老雷得逞地一笑，又拉起她的手。我让开身，见他们走出人力资源部，斟酌了半秒，还是决定硬着头皮，偷偷摸摸跟去看看。

一个江湖鬼见愁，一个武林灭绝师太。说好听点，都是一等一的绝顶高手；说难听点，都不太正常，心狠手辣起来，超乎人的想象。

俩人也绝对是两包烈性炸药，一相撞便火药味十足。经过公司大厅时，一个不由分说，在前面拽，一个大呼小叫，在后面挣扎。周围有人看，有人笑，有人面露惊讶，就是没人上前对这神似"强抢民女"的行为加以阻拦。难不成大家都爱重口味？

人都到墓园门口了，胡姗姗还在破坏一片安静祥和的气氛，对老雷嚷嚷“带她来干吗”。老雷也不说话，拽着她就往墓园里走。

上次胡姗姗把老雷带到了她母亲的墓前，这次老雷拉着胡姗姗站在了另一座墓碑前。根据我依稀的印象，这两座墓地好像离得并不太远，所以，我也依稀又猫腰躲在了上回躲的墓碑后面。一回生、二回熟，墓主人，咱都是朋友了，见谅，见谅。

老雷和胡姗姗面对墓碑并肩站着，沉默了会儿，老雷先开了口：“你自己看吧。”

胡姗姗难得地没有和老雷唱反调，站着没有动，似乎依言而行。从我这个方向看过去，那个墓碑应该已经很久没有人打理了，破烂不堪，四周杂草丛生。然后，我惊呆了。一个破烂的塑料娃娃孤独地躺在墓碑前，这不是胡杰的照片里的那个墓碑嘛！

事情果然有蹊跷！

老雷走近墓碑蹲了下来，擦去上面的杂物，念道：“碑文上写着：这里长眠了一位心中充满忏悔的男人，他愚蠢地抛弃了妻子和女儿，最终得到了报应。临死前，他知道自己没有颜面和妻子合葬在一起。为了赎罪，于是他选择睡在这里，每天都可以默默地遥望妻子的坟墓，还可以经常看到前来祭奠母亲的女儿。”

原来这是胡姗姗父亲的墓地，老雷辛苦寻找未果，没想到他一直就躺在这里！

胡姗姗走上前，双手捧起塑料娃娃，深埋下头，肩膀开始抖动，好像在哭。

老雷没有安慰她，站起来接着又说：“我问过墓园管理处，在你妈妈去世的第二年，你爸爸就自己选下了这块墓地。这里距离你妈妈的坟墓不到一百米，这样每次当你来给你妈妈扫墓的时候，他都可以看到你。也许因为内疚，他甚至都不敢在自己的墓碑上留下他的名字。”

胡姗姗珍爱地抱着塑料娃娃，朝老雷点点头，蹲在墓前，默默地用手为父亲的墓碑擦去污物。她应该是哭得更凶了，连老雷都不忍心看到这一幕，背过了脸去。

女人细心地清理父亲的墓碑，男人静静地站在她身后。时间过去了很久，胡姗姗用手背擦了擦脸，站起来拍去手上的尘土，长出了一口气，似乎过往的悲伤就这样过去，一片坦然。她走到老雷面前，抬起头，勉强挤出一丝笑容：“好了，干完了。”

老雷默不作声地点头。

“谢谢你。”她诚心地说。

“能够为你解开这个心结，我也很高兴。”

“那我们走吧。”

胡姗姗很自然地挽起老雷的胳膊，两人一起慢慢地向前走了十几步，她骤然站住，转脸看向父亲的墓碑，像寻短见一样不顾一切地又跑回去，扑在父亲冰冷的墓前，紧紧抱住墓碑，一声凄厉的长呼响彻整个墓园上空阴霾的天：“爸！”

多少年的怨恨织起心结，密布成网，她这一嗓子绝对是破茧重生。像上次一样，她跪在父亲坟前号啕大哭，嘤嘤呜呜的还说着什么不清不楚的话，跟唱京戏似的。老雷以前说，不让女人流泪的是硬汉子，让女人流泪的是真男人。硬汉要打坏蛋，维护世界乃至全宇宙的和平，那就把水做的女人留给真男人吧。给她们肩膀，给她们胸膛，给她们独一无二的贵宾级享受。老雷走到胡姗姗身边蹲下，一手将她揽进怀里，让女人的眼泪流进他的心口，让心口承受她的委屈与哀痛，相互依偎，旁若无人。

这一幕除非放进《梁祝》化蝶里，否则无论如何是不会演变成悲剧的，更不可能是血案的。本着非礼勿视的原则，我悄悄地起身离开。走半道上，想起和海容有约，忙打电话过去。她说习惯了喝公司附近的咖啡，不如就约在咖啡厅见。

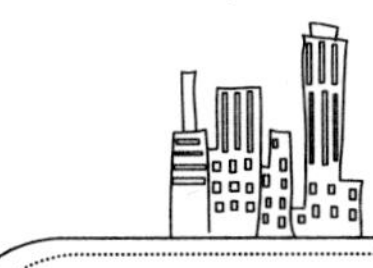

Chapter 11

男人都是演技派

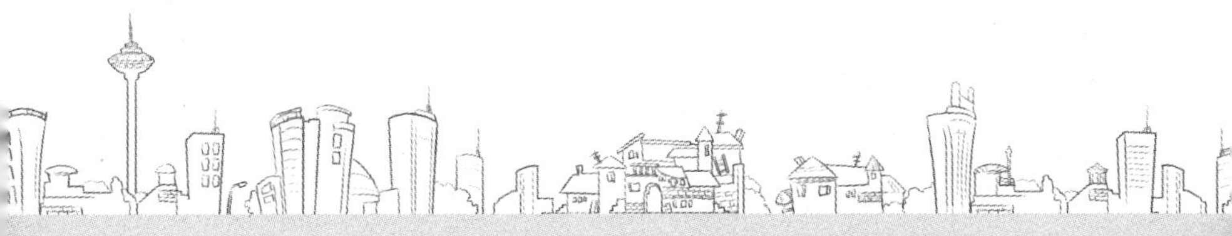

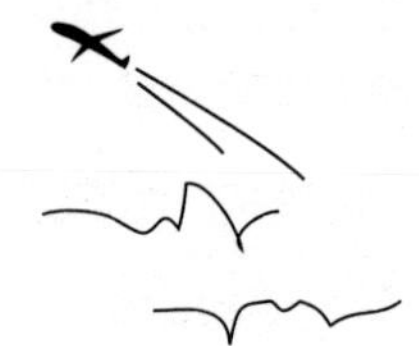

等我从墓园赶到咖啡厅，海容已经先到了。她坐在落地玻璃窗边，正静静地看着书，剪影与高中时临窗而坐、二八年华的她重叠。那个时候，我喜欢用一种不经意的方式经过窗口，不经意地回头，找她因为解不出难题锁起的眉头。最怕她会偶尔抬起头看向窗外，如果我们视线正好相撞，我会低头加快脚步。如果她正好笑逐颜开，那一定是马达以万人迷的形象趴在窗口，大方地和她打招呼。每到这时，我的脚步会变得更快，头会埋得更低，躲在拐角处看他们谈笑风生，羡慕与我同龄的马达已拥有了超龄的泡妞技巧，即使对方是全校男生的女神也得心应手。

我想走到落地玻璃窗边跟海容打招呼，看看她会不会抬起头对我笑，好填补我高中的遗憾。刚走过马路，就看见一个西装革履的男人走到海容身边像是要搭讪，我立刻打消了先前的念头，疾步走进咖啡厅。

男人跟海容说了什么，她垂眸深思片刻抬起头，刚巧看到我向她走近，于是启唇微笑，转而对那个男人说："不好意思，我男朋友来了。"

男人回过头扫兴地看了我一眼，佯装无事地走回自己的位置。老雷有过无数次成功搭讪的经历，胡杰曾好奇地问他，为什么总能无往不利吗，他只笑说这是个秘密。后来，通过我和胡杰的仔细观察，我们总结出来，那是因为他长了副足以让女人把搭讪自动转译为艳遇的嘴脸，俗称英俊潇洒。

坐在海容对面，我为凸显自己的大度，特随意地问："刚才你们在聊什么？"

海容不急着回答，端起咖啡小抿一口，说："他问能不能坐下来喝杯咖啡，我在考虑如何拒绝他。"

我希望她不要为个无关紧要的男人花太多时间，就像我不会为个陌生的女人浪费精力一样，于是，我不容拒绝地说："下次记得直接说你有男朋友，而且他还很会吃醋。"

"啊？"海容秀眉一抬，略显惊讶地说，"很少有男人会承认自己喜欢吃醋。陈远，你不老实哦！"

"不老实？"应该是很老实才对吧。

"你为自己的大男子主义找到了一个很好的借口——吃醋！"她肯定道。

对海容大男子主义，我可以吗？我想我一时半会儿还是无法把她从女神的高台上拽到我身边做我的女朋友，于是顺着她的话，我摇尾乞怜道："我不想对你大男子主义，所以千万别让我吃醋。"

她只笑不答，瞄了下小桌上只吃掉四分之一的蓝莓蛋糕，给了我个"看你表现咯"的眼神。我随即心领神会，端起盘子开吃，抽空指了指她手边的书，问："你在看什么？"

海容举起书，说："《男人来自火星，女人来自金星》。"

咽下嘴里的蛋糕，我说："这书不管用，男人只会看分析男人的部分，女人只会看分析女人的部分，结果还是互相不理解。就像我们看合照，通常第一眼都会先看自己，这是一个道理。”

她双眼含笑：“陈远，没想到你还挺能说的。”

我表示缄默不语。这句话不是我的原创，是当初琪琪成天捧着这本书读的时候老雷说的。想到老雷，我突然意识到，他和胡姗姗如果进展顺利，我们四个人迟早会坐在一起装初次见面，这不是个好局面，像一场鸿门宴。

可偏偏想什么来什么，海容下一秒就接到了胡姗姗的电话，说约我们吃饭，介绍个人给我们认识。为免胡姗姗起疑，我一五一十地把先前在墓园的所见所闻和盘托出，海容的确单纯，只是为好友感慨万分：“希望这个男人能认真待姗姗，值得她信任。”

我顿感心虚，试探性地问：“海容，是不是胡姗姗对男人的信用度要求特别高？绝对不允许有信用污点？”

“所有的女人对男人信用度的要求都很高，好不好？这是男女朋友相处的基本原则。”海容说完，奇怪地睨我一眼，“陈远，你该不会是做了什么对不起我的事？”

指着盘子里小半块蛋糕，我可怜巴巴地道：“报告林总监，实在吃不下去了，我确实不喜欢吃奶油。”

海容呵呵笑了，我又发挥急智为自己挺过了一关，可接下来才是真正的挑战，我该怎么办？

喝完咖啡，海容看时间还早，提议到航母公园走走。本来该是场正式意义上的约会，要既浪漫又有情调，可惜我已经开始为即将到来的四人晚餐惴惴不安，始终无法调整回约会的状态。海容倒以为我还没有从紧绷的工作中缓解过来，一直对我温柔体贴相待，弄得我更忐忑内伤，只盼老雷这位近乎巨人一样的人物能在晚上让我踩着他的肩膀侥幸过关。

吃饭的地点约在老雷的餐厅。我和海容到的时候，老雷、胡姗姗、琪琪早入座聊了起来。见我们进来了，他们都站起来，互相点头问好。老雷完全是一派沉着冷静，好像一切尽在掌握之中，我立刻觉得他是靠得住的好兄弟，也不那么紧张了。

我们坐定，胡姗姗又站起来指着老雷，似乎要做正式介绍，来不及开口，一个大嗓门吆喝着由远及近："累死我了，累死我了，琪琪，帮我拿瓶可乐！"

胡杰！我们五双大小眼一致向他看去。他一愣，顿住步子，也拿眼睛瞪着我们。在这不过短短三分之一秒的时间，我的大脑已绕地球走过一圈。如果在海容和胡姗姗的理解里，我和老雷应该是互不搭界的两条平行线，那此时此刻胡杰的出现，就是硬将我和老雷扯在一起的那个污点。

我连祈祷胡姗姗因间隔太久而认不出胡杰的时间都没有，她已经惊讶万分地开了口："你不是那次那个什么死亡摄影师吗？你怎么会在这里？陈远约你的？"

胡杰彻底傻了，望望我，望望老雷，根本不知道该怎么回答。就在这万分紧急的关头，我三步并一步，走到胡杰面前，先举起拳头照他胸口来了一下，骂道："发什么愣啊！照实说呀！"

兄弟，千万要明白我要你照字面意思理解的眼神。胡杰弯腰捂着胸口，虚咳了几声，闷闷地道："我是打工的。"

心头一亮，我揽住胡杰，故作意外地对所有人说："他混死亡摄影师混得没饭吃，说找了家餐厅打工挣钱，没想到居然是这里。”

“对啊，对啊。”老雷也走了过来，颇为惊奇地看着我们，“他来了也有段日子了。这样说起来，咱们还挺有渊源的。”老雷又看向胡姗姗，带了几分感喟地说，“我今天就是不小心看到他拍的照片，才发现了你父亲的秘密，不然你有可能永远都被蒙在鼓里了。”

我没有心思去关注胡姗姗的反应，只望向海容。她倒是更在乎自己的闺蜜，面露忧虑地走到胡姗姗身边，安慰似的拍了拍她的背，拉着她一起走到我们面前。

胡姗一脸平静地看着胡杰，在我们看来沉默了将近小半年，终于缓缓开口：“对不起，之前是我误会你了。不管怎么说，还是谢谢你。”

胡杰挠着头，嘿嘿傻笑：“不客气，不客气，我也没做什么。”

确实他也没做什么，全都误打误撞给蒙上了。

一场警报解除，我们六个人又坐回桌边。胡姗姗似乎比先前更加开心，继续她被打断的介绍。她硬拉老雷站起来，笑容可掬地说：“现在我正式介绍一下，他叫雷仁，从现在起，正式成为我男朋友。”

大家鼓掌表示祝贺，海容礼貌地问：“雷先生是这家餐厅的……”

“老板！”胡姗姗骄傲地说，“他说他有时候也下厨房，做一把兼职厨师。”

“捎带着调节各种家庭爱情矛盾。”琪琪插话道。

胡杰也跟着来一句：“帮男人追女人，帮女人追男人……”

他可真是枚随时可能引爆的定时炸弹，老雷赶紧抓了一个鸡腿塞进他嘴里，笑着说道："小打小闹，不值一提，不值一提。"

"是吗？"海容似乎来了兴趣，追问道，"你们还有这个业务？"

老雷提过，惹得起谁都惹不起女朋友的闺蜜。他被问得有点尴尬，又不能不回答，只得拿生活不易做文章："走江湖不容易呀！现在生意难做，虽说是小老板，也就是混口饭吃。"他转头殷切地看向胡姗姗，"姗姗，你可要多心疼心疼我。"

"德行！"胡姗姗笑嗔一句，伸手示意向海容，"她呢，是我最好的姐妹，也是同事，林海容小姐。"

老雷忙哈腰道："幸会幸会，早就听姗姗说了，您是国际著名的建筑设计师。"

"你好。"海容谦谦微笑，在桌子底下握起我的手，好像在说：他们那点小甜蜜我们也有。

"他叫陈远。"胡姗姗瞥了我一眼，简单介绍。

我不是故意想跟她对着干，实在是觉得有必要跟她对着干，站起来，非常正式地说："我是海容的男朋友。"感觉到桌下海容的手紧了些，我更加自信地看向胡姗姗，"你放心，我绝对不会做对不起海容的事。"

胡姗姗不说话，只侧仰起头盯着我看，有点剑拔弩张的火药味。老雷忙从中调解，主动地拉起我的手，嘴巴上笑得跟我是他的亲人一样，手上用的劲儿却恨不得将我的指头捏断："你好你好，以后大家都是兄弟，有空常来，有空常来。"

我费劲地抽回手，海容拉我坐下，老雷也忙拉胡姗姗坐下。在一边早喝上小酒的胡杰，又冲海容和胡姗姗呆头呆脑地笑笑，来了句，“他们俩是兄弟，你们……你们不就是妯娌了吗？”

琪琪一巴掌拍向他的后脑勺，指指海容胡姗姗，又指指我和老雷，纠正道：“错了，错了。她们俩是姐妹，以后他们俩是连襟儿。”

胡杰揉起后脑勺忙不迭称是，琪琪哈哈大笑，感染到了在场的另外两位女士，也跟着笑起来。心怀鬼胎的我和老雷没辙，也干笑附和，互相对望了一眼，大概都觉得对方的笑容很不自然。

海容举起酒杯，站起来，清脆地高声道：“我提议，为姗姗姐的情窦初开，干一杯！”

我们集体起立，举杯欢呼。人生得意须尽欢，我该为自己的设计被认可而得意，更该为拥得梦寐以求的海容而得意，坦白从宽的事儿就暂且先放一边吧……

琪琪告诉我，以她多年当电视儿童的经验来看，像海容这样的白领骨干精英，又漂亮温柔，一般发生办公室恋情之后，会选择避而不言，地下化处理。我本来已经做好了和海容发展地下恋情的准备，她却毫不避讳，工作上该怎么做照样怎么做。上下班和午休，大方地跟我吃饭，和我出双入对，同进同出。虽然我们没有正式公开，但是行动上的一致让同事们看了也心知肚明。

我问海容，为什么不干脆隐瞒事实，方便彼此的工作。她很笃定地对我说，她要的不是方便，是互相尊重，尊重我们相爱的权利，尊重我们恋情的自由发展。人生有幸遇见她，夫复何求啊！她还跟我约好，找个周末一起去看看老爷子，也算正式地见家长。我问她，要不要准备什么礼物，她只说陪爷爷玩儿就好，他最开心。

是啊，老爷子玩起人来最开心。

“啊，呼——呼——呼——”

小茶几在对面墙下的沙发前面，我站在这面墙上的门前面，中间隔了五六米，换算成地图上的比例尺，这距离够从祖国到美国去了。

茶几上的象棋子儿被码得整整齐齐的，像座小烟囱。我站在这边儿，腮帮子鼓得像只蛤蟆，然后一鼓作气，把自己想象成大功率鼓风机，吹得两眼冒金星，那边儿小烟囱依然纹丝不动。临了，老爷子还撇嘴嫌弃我：“年轻人，肺活量怎么那么差啊！以后我孙女嫁给你了，体力活难道让她干不成？”

这都什么年代了，又不需要扛煤气罐、抡大白菜，有啥体力活可干？正要细论，我想起来一事，不自觉地瞄向坐在床边给老爷子削苹果的海容。她似乎得到感应，抬头目光朝我而来，娇俏地抿嘴一笑，很好地证明了我体力不差，是老爷子整我呢。

老爷子悠闲自在地靠在床头，海容送一片苹果到他嘴边，他只管张嘴动牙，甜滋滋地嚼，像尊万事无忧的笑弥勒。唉，刚进病房，他就兴致勃勃地提议玩吹象棋子儿。我以为和围棋猜单双一样，是双人竞技游戏，想也没想立刻同意。谁料到，这居然是单人表演项目。他俩当观众，负责加油指导，我只负责吹，把这辈子剩余的以及下辈子没用的吹生日蜡烛的力气都用干净了。

“陈远，才玩多一会儿你就喘成这样！爷爷我当年……”

老爷子滔滔不绝地讲起当年的英雄往事，没一件和肺活量有直接关联。我趁机靠在门边休息，向海容发出求救信号：不行了！再吹下去，待会儿开车回去，不是醉驾都要被交警当成醉驾给处理了。

她最初只当是没看见，或者装没懂，我实在扛不住了，双手求饶，她才笑着站起来："陈远，把剩下的苹果喂给爷爷，我出去找医生，问问爷爷最近的身体情况。"

等爷爷把他的当年勇讲完了，我手里的苹果也喂得差不多了，海容出去也有了一会儿。老爷子见换人了，也没多问，直接用胳膊肘捣我肩膀，挤眉弄眼道："臭小子，可以啊。让你放手追，还真让你追上了。"

我无辜地说："爷爷，我没当您开玩笑，我也是认真的。"

"小子，不是跟你吹牛，要是没有爷爷我从中撮合，你不一定能在那么短的时间里追上我孙女。"老爷子挺直后背，得意地扬起眉毛。

"嗯？"

老爷子悠哉地靠回床头，慢慢道："那天你走了以后，我问海容，比起你这个小子，那个马达到底有什么好。她说，有钱，又长得帅。我就告诉她，有钱，不能保证养你一辈子吧？帅气，也不可能炫耀一辈子吧？"老爷子说着别有深意地看着我，"男人啊，是拿来过日子的，不是拿来比较的。"

女人呀，有时候总是喜欢通过比较来衡量男人的价值。好像一个男人站她面前，如果不跟前男友和其他的追求者比一比，她就根本没办法理解这个男人的好处。我们男人可风度大气多了，真爱一个女人，肯定会觉得她是最好的，无从比较。

我由头至尾只喜欢海容，只觉得她好，所以我要向爷爷表达出我坚定的立场，话还没出说口，老爷子已若有所思地望向窗外，面容之上有了丝历经世事、千帆过尽后的睿智安详，像是自言自语地说："我们每个人都在追求幸福，觉得它遥不可及。可有的时候，你会发现，其实幸福就在你身边，唾手可得。"

老爷子的话，我听不太明白。海容是我身边的幸福，抑或幸福一直在原地，我们只是刚好共同经过，一起体会？看来我需要问问老雷那个红极一时的问题——你幸福吗？

爱情果然是一场战役。尘埃落定，以我陈宇军获得全面胜利而告终，军师老雷掳得敌方战神灭绝师太，纯属意外收获。双双抱得美人归的我们，拉着两员战将琪琪和胡杰，今日痛饮庆功酒。

午夜，餐厅一天的营业结束后，我们一字排开，坐在航母公园广场上，一人脚边摆着一打啤酒，边欣赏远处繁华璀璨的都市夜景，边喝酒聊天。我想起那天在医院里老爷子那句饱含哲理的话，问向他们三个人："你们说，什么是幸福？"

琪琪反应最快，不假思索地说："如果我过得不好，但得知前男友过得比我还不好，我就觉得幸福了。"

唉，女人真是善于精于乐于比较。

胡杰喝了一口闷酒，吃起飞醋，酸溜溜地说："你那叫幸福吗？你那叫自欺欺人的阿Q精神。我来告诉你，我的幸福是什么。我的幸福是……是……"

他嘴一磕巴，琪琪不饶人了，不停地追问他的幸福到底是什么。胡杰被激得热血沸腾，浓情四射地看着琪琪，赤裸又直白，像宣誓一样道："我女人的幸福就是我的幸福！"

琪琪脸一红，躲开胡杰的痴痴目光，故意问向老雷，"老大，你呢？"

老雷只拿着啤酒罐，不喝也不说话，沉默了会儿，慷慨万分地道："对于一个无敌太久的高手来说，征服欲的满足也是一种幸福。"仰头饮了一口酒，他有点英雄气短地接着又说，"当然啦，在感情上，当你想征服一个人的时候，从某种意义上讲，你已经被这个人征服了。"

"你是在说你自己吧？"胡杰后知后觉地问。

老雷不答，眼睛扫过我们一圈，正经八百地对我们说："那天，我在姗姗她父母的墓前向姗姗保证，会好好照顾她一生一世。"

嚯，浪子回头金不换！可我不是故意想找他茬，"一生一世"这个词儿，他以前也说过。面对每一任女友，他总是能大言不惭地说出口，然后背地里再嗤之以鼻：所谓"一生一世"，就是一段感情的寿命。短的，一天也是"一生一世"；长的，半年也是"一生一世"。总之，活一辈子，谈多少段感情，就能有多少个"一生一世"。

我想着，问出口："你这次的'一生一世'能维持多久？"

老雷很是诧异地看向我，如同根本没提出过上述理论，自然而然地说："活多久就维持多久呗。陈远，你谈恋爱谈傻了吧？这么傻的问题都能问得出来！"

"我……"我百口莫辩啊，干脆不辩了，径自喝酒。

"唉……"琪琪摇头长叹，明显有些不阴不阳地对老雷说，"当年叱咤风云的情场鬼见愁，现在要退隐江湖了！"

阴险狡猾的老雷怎么可能听不出琪琪的话里有话，全然顺酒吞进腹中，特绝种深情地说："每一个大龄剩女背后，都有一串曾经让她伤心的男人，姗姗的心已经伤痕累累了，我不愿再做一个让她伤心的男人。"

胡杰逮到机会，又款款情深地对琪琪说："我的心告诉我，它现在伤痕累累啊！"

琪琪把头偏过一边，正好被我瞧见她嘴角扬起的笑意，她一尴尬，赶毛驴车似的催问起我，"问了半天，你还没告诉我们，你觉得什么是幸福呢？"

他们全满怀好奇地看向我，我拍拍屁股站起来，正对他们，拿手里的啤酒罐当话筒，气宇轩昂地说："我同意胡杰的看法，我女人的幸福就是我的幸福。"

胡杰一听，倍感荣幸，高声叫好，为我鼓掌。其余俩人从我这里看到他那里，异口同声地"切"了一声。见胡杰找他们理论，三个人像要展开一场激烈辩论，我立刻又扬声，吸引他们的注意："等等，等等，我还没说完呢。为我女人创造幸福，也是我的幸福。所以，我和海容商量好了，等老爷子身体好一些，我们就去登记结婚。我能成功追到海容，和她走到一起，我真的应该好好感谢你们。没有你们，也不会有我陈远的今天。"

我就说了，我们几个人之间不适合什么酸不溜丢的人文情怀。我这么发自肺腑，他们却一阵干咳呕吐。胡杰拿着啤酒罐走到我面前："陈远，你能不能不要整这么恶心！是兄弟，咱走一个？"

老雷和琪琪也凑了过来，连声附和。四个人，四只高举的手臂，四罐啤酒在星空下相撞，四张嘴同声道："为友情，为爱情，干杯！"

喝高兴了，琪琪掏出随身携带的拍立得，说要来张胜利者的微笑，回头摆在餐厅门口的照片栏，供人瞻仰。

我们对着镜头傻笑完，再坐回原地，同时打了个酒气熏天的嗝。老雷拍着我的肩膀，用少有的诚意对我说："你真的不用谢谢我们，其实，我还应该谢谢你。"

"谢我什么？"老雷是航海的舵手，指路的灯，语录条条我记心中。领袖式的人物突然放下身段说谢谢，我有点懵。

他认真地道："这一段时间，我在你身上学到了一样宝贵的东西，那就是真诚。"

终于轮到我恶心干呕了，我端起啤酒向他示意，我们两人痛痛快快干下一罐。胡杰举着手里的啤酒罐来不及加入，于是又开始骚扰琪琪，可怜见儿地说："难道我还不够真诚？还是你故意装看不到？"

琪琪再懒得理他，直接给他一肘子，他蹲旁边痛苦呻吟的工夫，老雷问道："你们知道，我现在最想做的是什么吗？"

我们摇头，和短暂呻吟完的胡杰一起看着他。

老雷一下站起来，对着空无一人的广场，信心十足地说："我一定要为姗姗办一场空前别致的求婚仪式。只要能够让她高兴，我什么都愿意做！"

"求婚"是女人的敏感字眼，一旦提起，琪琪就兴奋了，追问道："什么样的求婚仪式啊？怎么个空前别致法？"

老雷坐回来，像刚刚的自信劲儿全丢在原地了，无奈复无奈地对我们说："你现在让我说空前别致的分手仪式，我能不带重样地立马说十个。可……求婚仪式嘛……你们认为呢？"

“唉，今天晚上月亮挺圆，跟大烧饼似的。”

“喝酒喝酒！”

“太晚了，明天我还上班。要不，散了吧？”

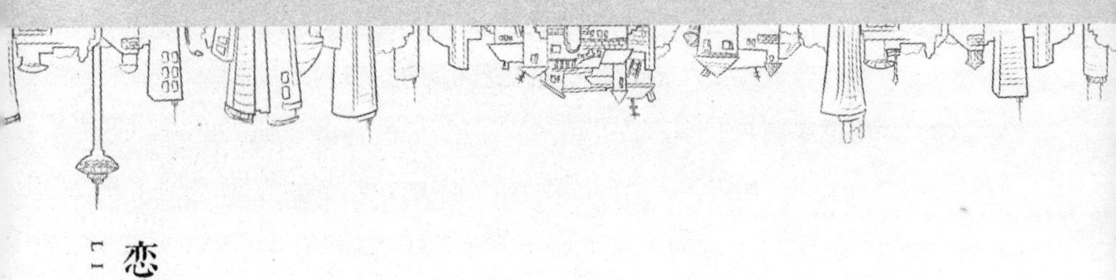

Chapter 12
情敌闪亮登场

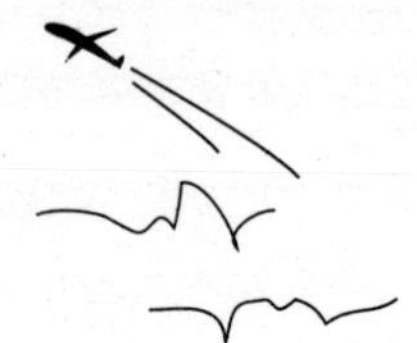

最近老雷的心情时常随天气变化产生波动，但只有波谷，没有波峰。不管天晴天阴，还是刮风下雨，他都在苦恼，唯一的差别是苦恼波及的范围。他有时独自忧愁，有时对琪琪诉苦，有时召集齐四个人开场小型“独诉会”。

自从和胡姗姗见证了我在老爷子面前，用一个简洁朴实的求婚仪式成功赢得海容点头首肯后，他居然将苦恼无限扩大化，甚至到了海容那里。三不五时，他就追着海容问胡姗姗喜欢什么、追捧什么、有什么愿望没有实现、有什么遗憾抱怨终身，弄得海容一度以为他恋胡姗姗成痴，脑子不正常了。

他还不止一次地问我，没鲜花戒指，没下跪宣誓，没烛光晚餐，仅仅几句大白话，你小子怎么就成功了呢？我也不止一次地告诉他，如来佛一样的老爷子教育过我，求婚就是为了以后两个人老老实实、简简单单过日子。内容决定形式，越简单越朴实的求婚越打动人。

习惯把爱情当游戏，玩得刺激带感的老雷，一时半会儿想不通，暂缓了求婚行动。我和海容的订婚仪式仍要如期举行，我们都不想弄得太招摇，说在老雷餐厅摆几桌，请亲朋好友热闹热闹就行了。老雷当即反对，非但不肯做这个便宜生意，骂我没诚意，还特意挑了个全城最贵的酒楼，让我今晚带海容和胡姗姗去试菜。

下午下班，我们三个人和往常一样走出城建大楼，忽然听见背后有人喊海容的名字。我们同时转身回头，只见一位休闲装帅哥抱着一大束百合花，以潇洒姿态靠在一辆百万豪车前，正用传说中“迷死人不偿命”的微笑对向海容。

我不得不承认，他百分之二百地具象了之前琪琪口中“杀伤力十足的完美出场”。除此之外，这小子看着眼熟，我却又想不起来。他对海容“迷死人不偿命”的笑，也让我突然觉得自己可以很有杀伤力。

敌不动，我不动；敌若动，我再观察一下。

他踱着慢半拍的步子走到海容面前，“对不起，以前是我错了，请你原谅我。”

马达！这个人是马达！他回来了！

海容犹豫地看了看我和胡姗姗，没有接他递过来的百合花。我正想带海容离开，胡姗姗已先一步把我硬拉到一边：“小子，你有麻烦了。这个人叫马达，海容的前男友。”

听不出她话里的正邪，我没有做声，只密切关注海容的动向。我了解海容不是二十左右、时时需要男友保护的小女生，我们都是成年人，更成熟的想法是：有些事需要自行处理，不互相干涉等于尊重。我想，这个时候，海容不需要我出面也能应对自如。

马达手里的百合花举了很久，海容始终没有伸手去接，他只能失望地说：“你真的不肯原谅我？”

海容转头朝我望了一眼，冷冷地对他说：“我下个月就要订婚了，你还来找我干什么？”

马达笑了笑，顺着她视线不屑地看了看我，故意抬高嗓门：“就是那个臭小子，穷光蛋一个！”

我捏紧拳头，忍住没有上前，海容也生气了，怒道：“马达，不要以为你有钱就了不起，我讨厌你的这种优越感，我已经受够了你在我面前颐指气使的样子。”

他立刻讨好地笑着，做了个投降的动作：“好了好了，我这次来找你不是和你吵架的，我是来向你道歉的。以前的事情是我不对，请你原谅我好不好？”

马达再次向海容献出鲜花。我心底里是万分不愿海容去接那束花，甚至不愿她有丝毫犹豫。可是，我还是不懂海容，她思考片刻，接过了花。要是那束花有刺的话，一定是扎在我的心头。

“好了，我原谅你了，你可以走了。”

海容蹙眉，不耐烦地说完欲走，马达一把拉住她，被她马上甩开，严厉地说：“你干什么？”

我也被胡姗姗一把拉住，她安慰我道：“别紧张，少安毋躁。”

“你真的不肯再给我一次机会吗？”

“好，我再给你一次机会。”海容的话简直像晴天霹雳，我顿时心都凉去一大截，没想到败得如此措手不及。她竟然还对马达笑，笑得那么美，“下个月我订婚，欢迎你来参加。”

我都听傻了，这意思是给马达一次来参加陈远和海容订婚礼的机会吗？陈远是我吗？嗯，绝对是我，因为海容笑着走过来，挽起我的胳膊，带我头也不回地扬长而去。

这段有惊无险的小插曲似乎并没有对我们造成任何影响，晚上试菜，我们四个人吃得有说有笑，非常愉快。饭后分头行动，我送海容回家，我们也好像什么事也没有发生过。我不问，是因为我不想让海容认为我把马达视为我们之间巨大的障碍，非要刨根挖底、问个清楚明白才肯罢休。她不提，是怕我多心，还是觉得根本不重要，不需要解释？原因我猜不透。

只不过，我一送，直接就把她送上了楼，在门口我们已经迫不及待地开始拥吻，温存至沙发。这一段缠绵，海容显得尤为主动大胆，我甚至惊喜得有点招架不住了。激情过后，我们躺在客厅的地毯上，她枕在我的胸膛，用纤细的手指在我汗淋淋的胸口挑逗似的画圈打转。我一把抓住她不老实的手："林海容！"

她仰起头，下巴顶在我的胸口，用情潮未退的娇媚眼眸盯着我，说："我爱你！"

翻身再次将海容压在身下，我什么也没说，深深地吻上我的女神。只要她一句话，我就可以万劫不复。

聊天至深夜，把海容哄入睡，我将她抱上床，替她盖好被子，浅吻下她的额头，离开了海容家。一个人在深夜的街头徘徊，脑子很乱，又觉得其实什么也没想，一走就走到了老雷的餐厅，我一抬头，看见老雷也从相反的方向走过来。

"喝两杯？"他提议。

我马上说好。

喝着酒，想必胡姗姗已经跟他重述了下午城建大楼前的一幕，他很快问出同样困扰我的难题："你说，马达这小子会不会揭咱们的底啊？"

我摇头，不确定地说："他是有钱公子哥，应该不屑于用这么卑劣的手段吧。不过，好像咱们的手段也不见得光明正大。"

"陈远。"他突然严肃地看向我，"事情发展到这一步，咱们已经没有退路了。你可要挺起身板顶上，不能掉链子！"

唉，本来我有很多次机会对海容说明真相，都被我一次次断送了。现在的确没法勒马，是万丈悬崖也得他妈咬着牙往下跳。我刚想说好，手机响了，是个陌生的号码。

一个没有感情的公式化的女声："陈先生，你好。我们大少爷想请你吃顿便饭，明天中午十二点，我会派车在滨海城建集团大楼前接你，请勿迟到，再见。"

不指名道姓，她就笃定我会猜到大少爷是马达；不等我回答，她就笃定我会准时赴约。妈的，这是邀约吗？简直就是威胁恐吓嘛！

我问老雷："去吗？"

"去，当然去！"老雷一拍桌子，义愤填膺道，"怕什么，去会会那个马大少爷。啊呸！什么年代了还叫大少爷！当自己是什么？出土文物啊！要不要我和你一起去？"

摆摆手，我说不用了。即使是生死决斗，也只是我和马达两个人的事，是男人就不能假他人之手。这个道理，我陈远明白。

第二天中午，马达派了一辆加长轿车来接我，还有一个连头发丝都被整理得一丝不苟的女人，自称是马达的秘书。听声音，应该是昨晚电话里软性威胁我的那位。一路上，我们没有说话，她直接把我带到了全响螺湾最昂贵的地段上一家最昂贵的五星级酒店的最昂贵的总统套房门前。她说先请示大少爷，让我稍待。片刻，她了走出来，做了个标准的恭请手势，说：“陈先生，请！”

我跟在她身边走进豪华总统套房的卧室，看见马达只穿了件白色浴袍，正坐在落地窗边吃西餐，四个黑超大汉和四个女仆装姑娘分别端正地站在两侧。整体规格和慈禧老太太用午膳差不多。

我直接走到他面前站定，开门见山地说：“你一定要见我，我来了，有什么话你直说。”

他用银色刀叉切着骨瓷盘里带血的牛排，眼皮都没抬一下：“坐吧。”

“没必要，有话快说。”

他慢条斯理地放下刀叉，抬起头：“你在滨海城建集团一个月多少钱？”

这是在拍电影作秀吗？我面皮一沉，看了他一眼，转身欲走。

“那我就直接点。”

我回头，他从秘书手里接过一张支票，摆在桌子上，傲慢地命令我：“这里是一百万的支票。拿着我的钱，离开林海容。”

老雷说得一点没错！钱是好东西，也最能伤人自尊。他这样直截了当地用钱收买我，不仅极度侮辱了我的尊严，也侮辱了我和海容之间的感情。

没再多看那张支票，我冷笑一声。

“是美金！”他随即强调。

我冷淡开口：“马达，我现在总算知道海容为什么要和你分手了。”他莫名其妙地看着我，我狠狠地教育他，“因为海容想要的东西，你用钱永远也买不到！”

干脆利落地转身离去，我觉得我就是小马哥，霸气外露。听见马达在身后气急败坏地说我给脸不要脸，我心里更是爽极了。

他妈的，只有他那张脸是用钱糊的！

回到公司，我若无事地继续上班，决定不把我和马达之间的短兵相接告诉海容，免得让她担心。下班时间一到，海容约胡姗姗去买订婚仪式上要穿的礼服，我最怕逛街，一个人到老雷的餐厅吃饭。

刚走进餐厅门口，胡杰跟掩护作战似的，猫着腰拽着我坐进一个卡座。他先比了个噤声的手势，又指了指几桌开外的某个位置。我不明所以地顺看过去，顿时不知道是该生气还是该笑。

马达除开换了身西装，简直是把午饭时候的规格照搬进了老雷的餐厅。他跷起二郎腿，傲慢地坐着，旁边四个黑超、四个女仆。公式化的秘书站在他身边最近的地方，手里提着一个黑色密码箱。老雷和琪琪坐在他对面，都是副阵前临敌的战备状态。

马达用睥睨一切的语气先开了口："说吧，你要多少钱？"

老雷只手托腮，陷入凝思，琪琪看似紧张万分，目光流转在两个人之间。

"五十万？怎么样？"马达伸出一只手。

琪琪眼馋到惊讶地张开了嘴，瞪大了眼，倒被我身旁的胡杰低骂了句没出息。老雷云淡风轻地笑了笑，摇摇头。

"一百万！"马达扬声道。

琪琪的嘴巴已经张得超乎人体工学原理，我眼前胡杰的手不停乱晃，像是忍不住要冲过去捂住她的嘴。

"对不起，马先生。这件事情我帮不了你。"老雷不卑不亢地说。

马达面罩乌云，硬声道："我说的是美金！"

早没了节操的琪琪惊呼一声，干脆白眼一翻，脑袋一仰，晕倒在椅子里。

老雷依然不为所动，笑道："马先生，看来你很了解我。没错，我是喜欢钱，可是我接案子是有原则的：第一，破坏家庭的事情我不做；第二，横刀夺爱的事情我也不做。"

马达非常不耐烦地挥挥手："别跟我讲你的规矩，你直接说个数吧。"

估计是这辈子没遇到过这么好的事降临到自己头上，像天上掉钱。琪琪诈尸般弹坐起来，跟个小学生掰指头数数似的，迷迷糊糊地比起两只手，嘴里不停嘟囔起来。

老雷不高兴了，直接站起来，高声道："送客！"

重口气下了逐客令，马达二话不说带着大队伍走了，那个女秘书似乎在门口的照片栏停了一会儿，又跟上了他的脚步。

等他们消失不见，我和胡杰才走到老雷面前，冲他直竖大拇指。琪琪还没从长翅膀飞走的美金中缓过劲儿来，就被难得威武一回的胡杰骂得颠三倒四，一下清醒过来，叉腰瞪眼反骂回去。

习惯成自然，我和老雷只当没看见，走到吧台坐下。老雷心中雪亮，直接问我："他给你开价多少，让你和林海容分手？"

我比了个数："一百万美金。"

"唉……"老雷叹口气，"真是悲哀的有钱人呀！穷得只剩下钱了！"

"他怎么会找上你？"我好奇地问。

老雷回头指了指正吵得热火朝天的胡杰和琪琪，无奈地说："都是他们，非要说处理感情纠纷比开餐厅好赚，没经我允许，私自到处做起广告了。不然，谁能惹上这种麻烦事。"

"我们接下来怎么办？"我又问。

他答："静观其变，以不变应万变。"

说完，我们都沉默了，大敌当前啊！

那天以后，所有的一切都像回归正常，恢复了平静，马达没有再来骚扰海容，更没有再砸钱侮辱我。他好像知难而退，从我们的生活中消失了。危机解除，我和老雷如卸下背负的千斤巨石，大感轻松。只有琪琪神神叨叨地掐指算算，说以她神准的女性第六感来判断，事情远远没有我们想象的那么简单，事有蹊跷，不妙，不妙。

琪琪的不妙说了三天又三天，仍天下太平，谁都平安无事，况且我和海容的订婚宴在即，喜事临门，她也不再多提她的直觉。

人逢喜事精神爽，最近同事们总说我意气风发得像大战告捷、载誉归来的骠骑大将军，时时笑靥如花的海容像独守空闺、终是盼得良人归的小媳妇。大将军对小媳妇，这个比喻恰当，我喜欢，完全满足了我身为男人的虚荣心。

可今天处理完外勤回到公司，刚一进城建大厅，我就感觉到似乎有什么不太对劲，所有经过我身边的人都会像瞧怪物似的再回头多瞄我一眼。我茫然地看过去时，他们立马收回视线，要么交头接耳，窃窃私语，要么干脆捂着嘴，偷笑不已。

我被他们弄迷糊了，浑身不自在，停下脚步，从头至尾自己把自己查一遍、摸一遍，越发地迷惑不解。走到电梯前，我一进去，里面的人自动自发地全出来了，本来想进来的，抬头一见我，又退出去东张西望，好像我是游戏里的大衰神一样，人人敬而远之。

心里大犯嘀咕，我走进设计部，原本三五同事正聚在一起热闹闲聊，我一现真身像拉响了警报，他们立刻四散回自己的格子间，键盘敲得噼啪作响。平时董事长偶然出现时，他们也不见得反应如此及时迅猛啊！

彻底摸不清楚状况了，我只好决定去问问海容。她办公室的门虚掩着，从门缝里看进去，海容坐在电脑前纹丝不动，脸色有点难看，蹙眉凝神，似乎陷入沉思之中。我推门进去，轻声打招呼，说早，她好像压根没听见。我又提高音量，她才像猛地被人推醒，身子一凛，抬头看见我，像是硬挤出一丝笑容，对我说："早！"

"怎么了？"

海容精神不济的样子令人担忧，我走近她，俯下身，自然地伸手摸上她的额头。指头刚碰到她额前的碎发，她居然避开我的视线，像触电一样，急急偏头躲掉。她这样唯恐避之不及的反应，在我们相恋以后，甚至更早之前都不曾有过。我的手僵在半空，有点尴尬，更有点受伤，但也没多想，岔开话题打破僵局，笑着问："今天公司里的人怎么回事？看我像看怪物似的。是不是我的脸没洗干净？"

说着，我再次亲密地凑近海容。她自以为不动声色地向后挪了挪，眼睛盯着电脑，用一种公事公办的语气回答我："也许是你神经过敏吧。"

我进她退，自讨没趣。我呵呵干笑着给自己解围，转身欲走，她忽然好像想起什么，轻描淡写地问了我一句："对了，咱们认识以前，你认识雷仁吗？”

我没在意，顺嘴直接道：“不认识呀！”

话音刚落，海容腾地了站起来，像火山爆发一样，抄起办公桌上的仙人掌，狠狠摔过来，将将砸在我脚边。可她的声音远比刺耳的碎裂声还要激烈，还要撼动人心：“到现在了，你还在骗我？”

也许我曾千百次在某个瞬间，为想象中这眼前的一幕而后怕不已，千百次练习该如何应对，如何拿出男人的气魄为自己解释挽回。可看到我送海容的仙人掌四分五裂地躺在地板上，面对她盛怒中夹杂悲痛的表情，我懵了，懵得无话可说。

“我再问一遍，”海容从办公桌后面走出来，眼神凌厉，一个字一个字地说，“你，和，雷，仁，是，朋，友，吗？”

我不能说不是，“是”字也说不出口，低下了头。

海容慢慢走近我，逼问道：“是他教你伪装成清洁工，好接近我，对吗？”

“不对！”我矢口否认。

“哼！”她轻蔑一笑，声音充满嘲讽，“我一加班，公司电路就出故障，你又刚好出现，是他安排的，对吗？”

看她步步逼近，我僵立在原地，有错在先，难辞其咎。

“支走护工是他的主意，对吗？接近我也是他的主意，对吗？”海容的嗓门越来越高，站在我面前，抬头看我，眼角泛出湿意，“是他教你怎么一步一步追求我的，对吗？”

她情绪太过激动，说完身子一偏，像要摔倒，我心疼地急忙伸手去扶，张口辩解：“海容，你听我说。”

她推开我的手，努力让自己站稳，听完我的话，怒气更甚，抬手向我打过来。我丝毫没有躲开的想法，牢牢地盯着她，等她的巴掌落在我的脸上。可她扬起的手在我们之间颤抖了很久，终是放下。在我以为一切尚有转机，可以挽回的时候，她又夺路而出，跑得飞快。

空荡的办公室里，她厉声质问的声音似乎还在空气中回荡，狠狠地敲打我的脑袋。我呆愣了好几秒，才反应过来，疾追出去。刚跑到电梯前，沉重的电梯门将海容最后一丝痛苦的表情，残忍地割断在我眼前。我不敢再多想，冲进楼梯间，飞奔而下。

跑出城建大楼，我一眼望见海容坐进马达的车内，心里什么都明白了。狂奔到车前，拍打着茶褐色车窗，高声疾呼海容的名字，我唯一能看见的却只有自己一张近乎扭曲变形的脸。我知道海容一定听得见，看得见，只因伤心欲绝，视若无睹。

一门心思挽回颓势，我和车门铆上劲儿了，猝不及防之下，被只横插进来的手猛地推开，向后踉跄几步才站稳，抬头只见马达一副小人得志的模样对我笑得正欢。怒火攻心，我冲上前，照他面门挥下重拳："你太过分了！有本事别干那么龌龊的事儿！咱俩单挑！"

马达不弱，一把推开我，擦着嘴角渗出的血，哼笑道："我龌龊？身正不怕影子歪，你有本事做，没本事认吗？没错，是我找了私家侦探调查你，目的就是要让海容看清楚你的真面目。我可告诉你，海容最恨别人欺骗她。你这回玩完了，赶紧滚吧！"

妈的，我陈远这辈子可以在任何人面前哑口无言，但是绝对不想在马达面前无话可说。事到临头，我什么也顾不上了，只觉得马达可憎的嘴脸欠揍至极，再次操起拳头抡向他。

“住手！”

海容肃然的声音突然响起，遏制住失去理智的我。摇下的车窗后是海容一张冷若冰霜的脸。她先让马达上车，又漠然地看向我，“陈远，现在不是马达的问题，不是雷仁的问题，是你的问题，你欺骗了我。”再次升起的车窗缓缓挡住我的视线，我只听见海容说，“马达，我们走吧。”

轿车载着我心爱的海容绝尘而去，我颓然地蹲在地上，心口堵闷。

再拨海容的手机，提示已关机，我也不知道马达会带她去哪里，像只游魂野鬼游荡到老雷的餐厅。走到门口，我差点和正要进门的老雷迎头撞上，他倚在门边，猥琐地笑着说：“哟，你这又是怎么了？纵欲过度啊？”

乱花渐欲迷人眼，老雷一定是被胡姗姗这朵他口中的带刺蔷薇花把眼睛给迷了，才会看走眼。我没有多余的心思和精力跟他解释，无力地推开门穿过餐厅，来到办公室。一推开门，琪琪和胡杰从电脑后面抬起头，均是一脸惊恐不已的表情。

胡杰急道：“老大，你可算来了，出事了！”

老雷与我擦身而过，先走进办公室，掏出烟盒，满不在乎地问：“怎么了？”

琪琪欲言又止。直接把电脑屏幕转对向我们：“哎呀，还是你自己看吧。”

桌面上，首先映入眼眶的是一行猩红硕大的标题——“情场鬼见愁——感情骗子帮你梦想成真”，标题下面并排放着我和老雷的合照，以及海容和姗姗的合照。

马达这招叫斩草除根吗？破坏了我和海容的感情，连毫不相干的胡姗姗也不放过。

老雷走到电脑前，脸都快贴到屏幕上面了，又反复看了老半天，突然直起腰，低喝："糟了！这事要是让姗姗知道了，那可就麻烦了！"

他急转身要出门，见我不如他那样惊慌失措，奇道："你怎么没反应啊？还不快去找林海容！"

"晚了。"拿走他手里捏着的烟，我准备好好苦闷苦闷，"海容被马达接走了。"

"啊！"在场的朋友们惊了。

没等他们惊完，办公室的门被砰的一声从外面踢开，胡姗姗气急败坏地拎着一根结实的棒球棍风风火火地冲了进来，真正成为名副其实的灭绝师太。她先看到我，凶恶地甩下句"待会儿收拾你"，然后举起棒球棍直指老雷。

"雷仁！"

老雷吓了一跳，三两步退到桌子后面，划拨开琪琪和胡杰，准备往桌子底下钻。胡姗姗也不是省油的灯，冲到桌边，棒球棍鼓捣在桌子洞里，威胁似的敲得咚咚响。老雷怵了，围着桌子跑起来，胡姗姗一刻不停地紧追其后，高喊："雷仁，你给我站住。"

琪琪和胡杰眼睛瞪得奇大，看着俩大人跟孩子一样围着桌子转圈。比起胡姗姗的暴力，海容的冷暴力更可怕，我有种被"破罐子破摔的挫败感"蚕食的感觉，颓废地坐在一边抽起烟，看他们你追我跑、你问我答。

“姑奶奶，你听我解释！”

“我不听你解释，我都知道了！”

“你先把棒球棍放下来！”

“我就打你个情场鬼见愁！你和我说，你玩弄了多少女孩子？”

“哎呀，用词不当！再说，那都是过去的事了！”

“过去也不行！你和我说，你是不是真心喜欢我？”

老雷立刻竖起三根指头在耳边：“我发誓，我当然是喜欢你的。”

“我呸！”胡姗姗一下站定，棒球棍朝我指来，双眼不离老雷，愤然道，“你是为了陈远！你给我说，你们以前到底认识不认识？”

她不追了，老雷也不转了，两个人都是气喘吁吁。

“好吧，我坦白。”老雷垂下眉毛，艰难地说，“我和陈远是朋友。”

老雷一坦白，胡姗姗手里的棒球棍仍指着我，怒气变哀怨，“最初你追求我的原因，也是因为他？”

“是，也不是。”

老雷正欲解释，胡姗姗把手里的棒球棍狠劲摔在地上，歇斯底里喊道：“骗子！你这个大骗子！”

琪琪和胡杰吓了一跳。好心的胡杰想去捡起地上的凶器，一把被琪琪拉住，怕被伤及无辜。

老雷哀叹口气，男子气概也不要了，幽幽地说：“我承认，最初我追求你是为了陈远，可是后来……”

胡姗姗根本不想听他解释，不管不顾地抓起桌上的东西砸向老雷：“后来是为了和我较劲！”

“不对！”老雷躲了几下后，干脆站直任她砸，“后来是因为我爱上你了！”

“你配吗？你配说爱这个字吗？在你这种人的眼里，女人只不过是你们玩弄、征服的对象，只不过是你们床上的战利品！”胡姗姗没有停止手上扔东西的动作，森然冷笑。

一片真心被践踏，老雷终于火了，抓起桌上厚厚的一沓纸抛向天，“够了！你不是也一样？第一次正式见面的时候，你不是也玩弄我了吗？”

办公室里一下子安静了下来，五颜六色的纸片纷纷落下，落在老雷和胡姗姗的身上，落在我的脚边。我低头，无力地笑。散落满地的纸片都是琪琪和胡杰为宣传老雷这位处理情感纠纷专家做的DM广告单，现在看来，真是讽刺。

他们相互对视良久，像是紫禁之巅两位高手最后的对决，输赢已不重要，或者说谁输谁赢都一样。

良久之后，胡姗姗缓慢开口：“这才是你的真心话，所以你才要和我较劲。你想得到我的心，不过是为了挽回你的颜面。”

捡起地上的棒球棍，胡姗姗的视线落在DM单上，惨然一笑，戚戚离开。老雷呆呆看着她消失在办公室，黯然的表情大概和我被马达的豪车甩在身后时一模一样。

安静到可怕的办公室里，忽然响起琪琪和胡杰的仰天长啸：“唉，一切都完了！”

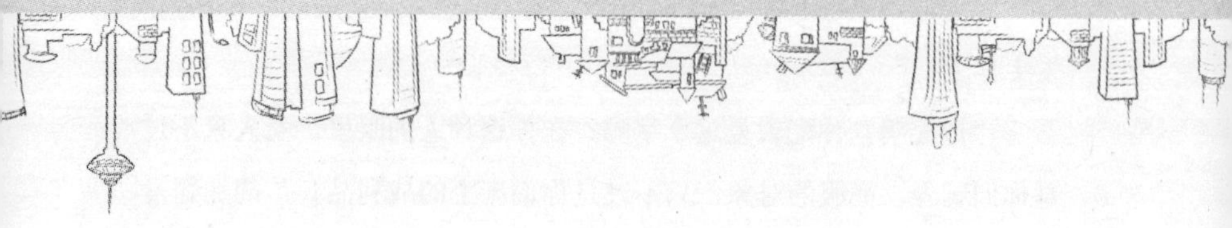

Chapter 13

把契机变奇迹

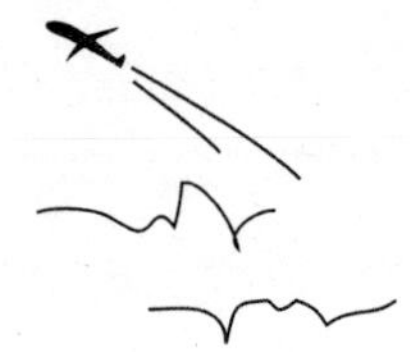

星光惨淡，航母公园的今夜恐怕无人入睡……

不久之前的那个晚上，我们四位战友还坐在这里痛饮庆功酒。不久之后的今天晚上，依然是我们四位战友坐在这里，依然有酒，只是我和老雷变得壮志未酬誓不休，也不知道有没有来日方长显身手的那一天，琪琪和胡杰见我们这样也没了辙。四个人各喝各的闷酒，没人有心情说话。

忽然，胡杰爆发了，悲愤道："你们是赔了夫人又折兵呀！"

老雷大受感染，同声道："竹篮打水一场空呀！"

"早知道就先把马大少爷那一百万美金先赚了再说，起码够我去韩国隆胸了。"

琪琪又懊恼起她日思夜念、长翅膀飞走的美金，老雷的气不打一处来，骂道："就你贪财。现在姗姗已经不理我了，你说怎么办？"

不知道胡姗姗用了什么办法，现在城建集团楼下的保安一见老雷就果断拦下，凶狠得跟他是通缉犯似的。胡姗姗想躲着老雷容易，我和海容却因为同在一个部门，抬头不见低头见，不谈私事还有公事，她想躲我也躲不掉。躲不掉，她干脆直接忽略我，工作照做，话照说，只是冷淡得多说一句、多看我一眼都嫌麻烦。我一找她解释，她就说好，我再开口，她就拿出手机和马达讲电话，漠视我到极点。

灭绝师太胡姗姗算什么，海容才是后起之秀，杀人于无形。

我端起啤酒罐，和同病相怜的老雷碰了一下，仰头闷干数口。

琪琪看在眼里，恨在心里，先对我道："你不是很爱很爱林海容的嘛！你不是为了她做了很多她不知道的事情嘛！去找她呀，跟她说清楚呀。"见我无力与她对话，她又一指老雷，"胡姗姗不理你，那您老就继续出山呀！您老当年的雄风哪里去了？只要你一出手，什么样的女孩子你追不到？"

老雷听了琪琪的话，居然沮丧地抱着头，苦不堪言："我现在满脑子都是姗姗的影子，每想到她走的时候那个笑声，我这一辈子都忘不了。"

我听了老雷的话，想笑又笑不出来，憋屈得厉害："你这样算什么。我每天上班和海容见面，看见她对别人笑，和别人说话，唯独不搭理我。下班又看见她被马达接走，想着她对马达笑，和马达说话，我的心呀，疼得发慌。"

琪琪再无话可说，胡杰唉声叹气地对她道："你不懂，男人一受伤，全世界都会痛！"

他说得感同身受，举起啤酒邀我和老雷借酒浇愁，我们共同饮下，不约而同地望天长叹口气。老雷接着又说："现在我觉得自己是个罪人。姗姗的心已经伤痕累累了，而这一次我又伤了她的心。"

胡杰拍上他的肩膀："我觉得你们也就是话赶话赶到那儿了。回头你好好去给她认个错，发挥一下你死缠烂打的作风，没准人家就原谅你了。"

“不可能了，我哪有机会见她？今儿去公司楼下堵她，那几个保安还当着我的面商量，要不要向公司申请买两条警犬回来看门。”老雷无可奈何地连连喝下数口啤酒，“姗姗是什么样的女人，你又不是不知道。她眼里容不得一粒沙子，而我不巧，成了那粒倒霉催的沙子。”

他伸手痛指自己鼻子，我也比出相同的动作：“那我呢？”

琪琪像安慰我似的，说：“你至少完成了一段年少时的梦想，和初恋对象谈过一场论及婚嫁的恋爱，可以死而无憾了。”

“去！”有几分醉态的胡杰胆子变肥了，挥开琪琪，对我说，“你看你暗恋了林海容那么久，又追了她那么久，不能轻言放弃啊！”

“你们就不该给我希望！”我一下站起来，面对他们，悲悯道，“海容要走了，她要带着她爷爷和马达一起回美国了。我该怎么办？”

老爷子上午偷偷给我打电话报信儿，说后天中午的飞机。海容像临时起意，态度又很坚决。老爷子问起我，她什么也不愿意多讲，只说分手了，觉得马达更适合她。虽然问不出什么，但老爷子是聪明人，偷看海容手机查到我的号码，才赶紧给我通风报信，让我想办法。

承蒙老爷子看得起，可是我想不出办法，无计可施啊！

“我也不知道。”

老雷的一句话，将我最后一线希望彻底摧毁，我心智不敏了，低吼道：“你怎么可能不知道！你不是情场鬼见愁吗！”

老雷也发飙了，站起来与我对峙：“现在我非常讨厌这个绰号！”

我们俩一不对付，互看不爽，像随时要打一架。琪琪忙起身过来劝：“陈远，你也别难为老大了。他现在是泥菩萨过江自身难保，自己的事情还不知道怎么办呢。”

“是啊，是啊。”胡杰也跟着劝道，“我们都已经尽力了。”

“没错，我是比你会追女孩子，可这也并不代表我比你聪明，只不过是我比你更不要脸而已。”老雷面色一缓，拍上我的肩头，用鼓励的语气对我说，“尽管如此，我还是坚信我为你做的一切都是正确的，你和海容的问题比我和姗姗的问题要单纯得多。你去找她吧，只要有百分之一的希望，就要使出百分之百的努力。”

老雷说得字字用心，真对我好。而我反倒急乱攻心，拿最好的兄弟开炮。我回拍着老雷的肩膀，抱歉地说：“对不起，我不该拿你们出气。我真的不想失去海容，我知道她是爱我的。”

是爱我的吧？马达出现的那个晚上，她赤裸地躺在我怀里，对我说过。因为欺骗，她气疯了，想动手打我，却最终没有狠下心，让巴掌落在我脸上，应该也是因为爱我吧。

可是如果几天之后，她一旦离开这里远渡重洋，她是不是这一辈子只会永远记得我陈远的欺骗隐瞒。而正像琪琪说的，我还做了很多她不知道的爱她的事情。就算终是要走，我也希望她能记得我的好，所以无论如何，我要去告诉她，一件事一件事告诉她。

风萧萧兮易水寒，壮士一去兮不复还。

今天是海容带老爷子回美国的日子，也是我、老雷、琪琪和胡杰并肩作战的最后一次机会。我们驱车赶往医院的一路，大家都很沉默，面容坚定，个个都像视死如归的战士。成功与否，在此一举。

车子在医院门口停稳，我们一望过去，先吃了一惊。马达身边那位手提黑色密码箱、跟机器人似的女秘书和四个五大三粗的黑超保镖如同早有所料，严阵以待地站在医院唯一的入口处，任凭路过的人怎么打量，也纹丝不动，简直就是杀无赦的门神。

“怎么办？”坐在副驾位置上的我和后座上的琪琪胡杰同时问向老雷。

“走后门？”他提议。

“不行。”我当即否定，“医院后门太远，再赶到病房恐怕来不及了。”

“我们一起，”琪琪用手一指我们四个，转念一想，又指了指我们仨男的，“你们男子汉大丈夫，挺起胸膛，硬闯马达这道铜人阵。相信我，你们可以的！”

我和老雷无语了。胡杰大概是想象出那幕可能的惨相，咽了口口水，对琪琪说：“相信我，你一个人是没法替我们收尸的。”

胡杰忽然把双手横挡在我的脸上，只露出眼睛，得意地说：“这样挡住脸走进去，他们一定认不出来。”

“你傻啊？还是当他们傻啊？”琪琪将自己的脸挡住，杵到胡杰眼前，“是个人这样进去，都会被抓的！”

胡杰不服欲辩，老雷一挥手：“别说了，再想！”

时间一分一秒过去，我们始终一筹莫展。突然，胡杰高声喊道：“有了！”他二话不说，拉起琪琪和老雷下车，独独把我留在车里。三个人窸窸窣窣地讲了会儿，老雷和琪琪同时向胡杰竖起大拇指。一个人被蒙在鼓里，我推门下车，急问：“怎么进去？”

老雷说：“这个你别管，知道了反而不好办事。待会儿，你见机行事就行。”

我心存怀疑，又问：“行吗？”

他们异口同声：“行！”

胡杰拉起连衫帽戴好，压低帽檐，走在最前面，老雷和琪琪分别低头装路人走在后面。我绕着门神们的视线盲区，跟在最后。就在胡杰即将从门神们面前经过时，他一个急停，转身突然加速，箭步冲到女秘书面前，以迅雷不及掩耳之势，抢过她手里的密码箱，掉头就跑。

一切只在眨眼间发生，任谁都没反应过来，直到事先知情的琪琪迸发出一声：“抓贼啊！”

在场的人顿时沸腾了，大呼小叫的有之，左顾右盼的有之，撒腿去追的有之。四个黑超和女秘，迅速加入到追凶的行列。琪琪和老雷也不例外，装起路见不平的好汉，只不过，他们拔刀相助的对象貌似是胡杰。

他们跑在黑超和女秘的前面，喝醉酒似的左右乱拐，像在一起追人，实际是在挡道。时不时他们还和黑超女秘并肩跑开，多事地乱问：丢的什么呀？里面是什么呀？是不是很贵重呀……

医院大门变空门，我不敢再多看，趁乱跑进去，一直跑到老爷子的病房门口，我停下脚步，透过门上的窗户往里看。老爷子无精打采地盘腿坐在床上，脸色不太好。海容站在床边收拾东西，面容平静，更看不出喜怒。马达一个人双手抱胸，靠在墙边正看着海容，兴奋地说："你放心吧，这次我包了一架专机。飞机上有床，有医疗设备，还有医生和护士，保证爷爷不会有事。"

海容轻"嗯"了一声，见老爷子扯着她的衣角，害怕地直摇头，又看向马达，不高兴地说："叫你不要让那么多人进来，看把我爷爷吓到了吧。"

"对不起，对不起。"马达连忙赔笑道歉，辩解道，"我这不习惯他们跟着了嘛！放心，我已经让他们先走了，保证不会再回来，这一路由我亲力亲为来照顾爷爷。"

马达一拍胸口对老爷子谄笑，老爷子根本不买账，拉起海容的手："我不去美国。陈远呢？那小子咋没来？"

海容没说话，马达听到我的名字似乎很不悦，走近老爷子，讨好道："好好好，听您的，咱不去美国。"说完又扭头低声嘀咕了句什么。

海容道："东西收拾完了，你搀着爷爷。"

马达点头说好，举起双手悬在半空中，左比划比划，右比划比划。他平时习惯于被人伺候，现在不知如何下手。海容一催，他毛手毛脚地拉老爷子下床，老爷子脸一紧，疼得闷哼一声。

海容急了："你轻点好不好？"

他的手脚又更不听使唤，老爷子的表情也更痛苦了。

我实在看不过去，推门进屋，直接走过去推开马达，搀住老爷子。老爷子看见我一乐，故意高声亲切道："孙女婿，好几天都没见你了。"

"你来干什么？"

马达语气刻薄，我也没看他，张口道：“我来送爷爷。”

“不必了。”

海容似乎并不意外我的到来，还是那么冷淡，只是被我捕捉到她的眼神里闪过一丝类似歉疚的情绪。我突然觉得自己好像没有被她打入永世绝地，大方地笑着说：“没什么，既然你已经决定了，我尊重你的选择。我来，就是为了祝你们幸福。”

海容没再多说什么，马达倒是朝我轻蔑一笑。小不忍则乱大谋，我只当没看见，搀扶着爷爷慢慢走出病房。

坐在前往机场的车子里，老爷子像是故意做给马达看似的，拉着我的手不停地聊，聊我每次来看他，陪他玩、陪他说话的趣事。间或，他捂着嘴咳几声，像上不来气，分别坐在他身旁的我和海容，同时焦虑地问他怎么了。他一摆手，嘿嘿笑着说不要紧，留我和海容尴尬对视，又各自收回视线，默然无声。马达见状，想加入其中，老爷子总是有办法冷场，让他无话可说。

我明白老爷子是在努力帮我，可我真的没用，不知道除了表现得大度一点，还能有什么办法力挽狂澜，只好走一步看一步。车子来到机场送站楼，我扶老爷子下车，他看了一眼四周嘈杂的环境，猛地抓住我的手：“我不去美国，我哪儿都不去。”

下了车的马达忙哄道：“爷爷，咱不去美国。咱这是去旅游，玩一圈咱还回来。好不好？”

老爷子仿佛不太相信：“还回来？”

“回来，肯定回来。”马达笃定地说。

"陈远，"老爷子乐呵呵地对我说，"你是我孙女婿，你也陪我去吧。"

其实我也想，可惜来不及了。我不好意思地笑了笑，有点尴尬。

海容从后备厢里拎出行李走过来，打圆场道："爷爷，陈远还得上班呢。"

"哦。"老爷子略显失望地点点头，"上班要紧，上班要紧。"

我不自觉地看向海容，不知道是该感激，还是该无奈。她和以往一样，随即偏头，回避我的视线。

马达似乎有点着急了，催促道："爷爷，您别添乱了，这时间快来不及了，飞机就要起飞了。"

海容不满意马达对老爷子不客气的态度，将手里的行李递过去，没好气地说："你拿着东西，我来搀着爷爷。一个大男人，空着手像什么样子？"

马大少爷的手还揣在裤兜里，却毫无自觉。海容嗔他一句，他才忙不迭地说好，接过行李。

海容从我手里轻轻扶过老爷子，临别之前，终是对我微笑，"那我们走了。"

心死大于不舍。我点点头，一颗心落到谷底，沉重得我负担不起。

她搀扶着爷爷，和马达一起转身，走进航站楼。我望着她即将远去的背影，只觉得我的幸福真的也将离我而去。老爷子说得对，幸福在身边。但是他没告诉我，失去了，才知道它其实一直在身边。

我站在原地，期盼着海容能够回头，或者只是回头看我一眼。久等不到，最后还是老爷子回头看向我，然后在下一秒，腿一软昏倒在地上。

海容扶之不及，低呼：“爷爷！”

这突如其来的变故，让我大吃一惊，连忙跑过去，和海容一起扶起老爷子，见老爷子面色惨白，忙道：“赶紧送爷爷上医院。”

马达看了看手表，焦急道：“上什么医院！时间快来不及了，赶紧登机吧，飞机上有医生。”

“你浑蛋！”

海容怒目相向，我也在心里暗骂了句畜生，没答理马达，在海容的帮助下背起老爷子往外走。马达急了，居然出手拦我们：“飞机就要起飞了！”

海容一把推开他的手，冷冷地对他说：“你自己走吧，我不想再见到你。”

病人最大，不能再耽误。我背着老爷子冲出航站楼，海容拦了辆刚下客的出租车，我们迅速坐进去，任凭马达在后面怎么喊，海容也坚决不理。

赶往医院的途中，海容先给医院打了电话。她抱着老爷子，双唇紧张地微微颤抖。我抓紧她冰凉的小手，默默地看了她一眼，没有说话。她没有挣脱，良久说了句：“谢谢。”

给力的出租车师傅一路疾驰赶到医院，医生护士们推着担架车，早已守候在医院大楼门口。出租车一停，护士们赶紧上前抱出老爷子，送上担架车。我和海容急忙下车，和护士们一起推着担架车在医院走廊里狂奔。

躺在车上、昏倒了好一会儿的老爷子猛地睁开眼睛，伸出手一下抓住我的衣领把我拉到他嘴边：“小护士借给我的高级粉饼就是好用，一点不脱妆。”

他的声音听起来中气十足，完全不像昏迷苏醒的病人，我正诧异，他又急急吩咐道：“听我的，赶紧走，但是走慢点。”我一惊，眼睛看向他，老爷子冲我做个鬼脸，又立马晕过去了。

松开担架车，我当场愣了半天，突然觉醒，会心一笑。

按照老爷子的吩咐，我在医院门口不停徘徊，没过多久，海容低着头从里面走了出来。我想也没想，直接冲到她面前。她步子一顿，抬起头：“你怎么还没走？”

她语气里毫无惊讶，像在说符合当下场景的台词。我没再犹豫，轻声对她说：“有一样东西还没还给你。”

从口袋里掏出那支原本属于她的钢笔，我递到她面前。海容接过去一端详，惊讶不已地看向我。我没有挽回海容的必胜信心，但这支寄托我感情的钢笔，也许能赐我一次契机，或者一个奇迹。

“其实在高中的时候，我就开始喜欢你了，不过那个时候你不知道，就算你知道了，我也……我也没有勇气向你表白。因为我从小到大，见了女孩子就脸红，说不出话来。”

“高中……”

海容低声呢喃，眼神有些悠远，似乎在回忆高中生活里是否有我这样一号人物存在，不过很可惜，她似乎并没有想起来。

“海容，”我小心地捧住她握钢笔的手，真诚地说，“如果爷爷没什么大碍，你可不可以不要问我为什么，给我一个小时的时间。不用太久，一个小时就够了。”

她沉吟了片刻，点点头。我立刻心花怒放地牵起她的手，快步离开医院。

推开我工作室的房门，我把海容领进房间。我从工作台下面抱起一个大箱子，摆在海容面前，指着工作台后面一片颜色明显新于四周的墙壁说：“箱子里装的都是你去了美国以后，我从网络上和报纸杂志上搜集的所有关于你的信息。这几年来，一直挂在这面墙上，我工作倦怠的时候，只要一看到就会莫名地精神百倍。而且你一直也是我的缪斯女神，我每一个设计灵感都来源于你。因为我喜欢你，喜欢了很久很久。

“几个月前，我知道你回来了，这重新点燃了我的希望，可我知道我……配不上你，所以我才找了老雷……帮我追求你。”

海容听着，一张张翻出纸箱里的照片和剪报，里面有她成为史密斯门下第一位亚裔女学生的轰动新闻，有她在美国留学时的照片，有她第一个作品问世时的发表会剪报，有她和史密斯在校园里的合影……

海容静静地看着，脸上时而露出惊讶的表情，时而抿嘴浅笑，时而陷入回忆。她忽然抬起头，眉目间有种千言万语在心又说不出口的迟疑表情，最后只温柔地喊出了一句：“陈远……”

我抬手阻止她接下来要说的话，拉起她的手：“先不要问我问题，我再给你看一样东西。”

她点头，我带她来到客厅沙发坐好。我从抽屉里拿出一张光盘放进DVD机，电视里很快出现了一个身影，海容诧异地看向我。

我颔首，没错，就是我自己。这是当初和海容意外地久别重逢后，我神魂颠倒地来到老雷餐厅，痴痴然地跟他们细细讲起有关暗恋海容的那段年少往事，甜蜜而疯狂。老雷刻盘之后拿给我，说以后说不定能用得上，果然一语中的。

我坐在海容身边，陪她一起看，越看越有点无地自容。他们当时说我的样子，像个世界稀有的痴情汉。现在看来确实如此，我自己都觉得自己当时很酸很装，真该尿遁回避一下的。

总算熬到录影放完，我已然不知该说什么，好像说什么都有股琼瑶戏里的酸劲儿，海容默然静安的样子又更让我忐忑，不会说话。她一本正经地看着我，对我说："我可以问你问题了吗？"

我深吸口气，点点头。

"今天所有的事情，也是雷仁教你的？"

我用力摇摇头。

"那天晚上，我们差点遇到的车祸呢？"

我再用力摇头。老雷再怎么安排，也不至于安排让我命悬一线的戏。就是他肯，我也不会答应啊，我又不傻。

"那你怎么不早点告诉我呢？"海容埋怨道。

我委屈地说："其实庆功宴那天晚上，我本来想告诉你的，可那天晚上你喝多了，稀里糊涂地就让你把我给睡了。"

海容一下绷不住地乐了起来，小粉拳头冲着我的胸口捶过来。她娇嗔的俏模样、温柔的手劲儿，我自动理解为打是亲、骂是爱，她原谅我了。我张开双臂把她拥进怀里。

她在我怀里，眨起星眸，轻柔地问："你到底喜欢我什么？"

我想了想，厚着脸皮说："这个答案太长了，我可能需要用一辈子来回答你。"

海容的眼圈一下子红了，泛出泪光。她几乎是毫无顾忌地主动亲上我，然后被我反客为主，激烈地加重了这个因失而复得变得万分珍贵的吻。

良久之后，心情大好的海容开起玩笑，对我说："反正已经让你睡了，我这辈子就便宜你了。"

多好的气氛，多直白的暗示，多适宜的地点，就在我心领神会地抱起海容，走入房间之时，该死的手机居然响了。我打算置之不理，不是海容反复催我接，我也不会去接。不接，我就不会放着温香软玉的海容不抱，改带着她，急得火烧火燎地奔出门。不出门，我也不用到派出所，奇迹般地第三次面对胖警察。

这回事情闹得更大了，我和海容直接被带进所长办公室，没想到胖警察竟是派出所所长。我们进去的时候，胖所长坐在办公桌后面正在训话。他面前放着个黑色密码箱，对面坐着两方人马，一边自然是老雷、琪琪和胡杰，一边是四位黑超和机器人女秘。令人意外的是，马达没走成，也被请了回来，坐在他家一干奴才中间。

马达见海容进来，双眼放光，站了起来："海容，我就知道你不会放弃我的。"

"马先生，你多虑了。"海容礼貌而疏远地回答他，拉着我走到老雷一边，"我其实是来接我朋友的。"

马达的脸立刻转黑，愤愤然坐下。老雷他们一瞧这阵势，知道我成了，也不管现在是什么场合，拍巴掌欢呼起来。

“肃静！肃静！”

胖所长一发话，我们老实归位。他先伸出左手，指向我们这边，说：“现在的情况是，你们说这是为朋友追回跑掉的媳妇，不得已使出的缓兵之计，不是抢劫。”他又伸出右手，指向马达那一边，“你们说就是恶意抢劫，情节严重，算刑事案件，要告他们。”再双手交握放在密码箱上，问，“谁家媳妇跑了？怎么不看紧点？”

我看了眼羞红脸的海容，默默举起手：“所长同志，谢谢您的关心，我媳妇找回来了。”

他用肥肥的下巴，努了努我和海容：“哦，就你们俩啊，行了行了，我知道啦。”他再看向马达，问，“箱子里有丢东西吗？”见马达摇头，直接道，“既然这样，事情就解决了嘛。你找到了媳妇，你也没丢东西，麻烦我干什么？各自回家吧。”

我们一听，跟胖所长打手势，暗地叫好，马达突然冒出句：“不行！这可不是什么简单的案件，我是美国人，这是国际纠纷。我强烈要求你们严加处理！”

马达这口气一定是狭隘的报复心理作祟，非要趁机整死我们才罢休。

海容站出来，呵斥道：“马达，你不要太过分了！你这样只会让我更瞧不起你。”

我将海容拉在身后，好言好语地说：“马达，我代我朋友向你道歉，如果你要求赔偿，我愿意无条件承担。”

“赔偿？”马达极为不屑地看着我，皮笑肉不笑，“你赔得起吗？让你做十辈子的设计师也赔不起。”他转看向我身后的海容，无限惋惜地说，“海容，你不选我也就算了，怎么能看上个穷酸的小设计师呢？你愿意跟他吃一辈子苦吗？”

我捏紧的拳头又开始咯咯作响，琪琪和胡杰已先一步冲上来，与因职业反应也护上来的四个黑超形成鲜明的……劣势。

“肃静！肃静！”

胖所长用提高数倍的威严语气，喝止住敌我双方的剑拔弩张，我们再次各自坐回原来的位置。

“美国人，你想严加处理，是吧？”听马达肯定地说是，胖所长看向一旁的电脑，边不停点鼠标边说，“我查了一下，案子虽然发生在我们辖区，但是这几个疑犯的户籍都不在这个区，还有俩是外地人。你是美国人，你的几个保镖是哪儿的人还需要继续调查。哦，这样算下来，你们要填上百个表格，到各相关部门盖两百多个章，才能走到我这里的正常立案程序。啊，还有件事儿忘记告诉你了。我下个月退休，工作移交手续办一办，等新所长到任熟悉工作，恐怕又要耽误一段时间。你是美国人，但这是中国人的土地，请你尊重我国国情。你要真是嫌慢，可以随便反映去，不过你放心，到我这儿还是按正常程序走。当然啦，你也可以等我退休，再找新所长处理，你放心，以我对他的了解，他一定会照章办事。”

胖所长一番话说完，不仅马达，连我们也有点晕。他又拿起电话，递向马达：“我的电话随便你打，找关系托人随便你。”

马达没有接，反而带着一帮子人出去了，居然一句狠话没再说。人走了，我们才品出胖所长话里的霸道劲儿，不由得佩服，一致向他行注目礼。

老辣的胖所长经得住威胁，也受得了表扬，眉毛都没抬一下，挥手撵我们走："我还有一个月光荣退休，别再来烦我了。"

我们领命，走出门口，还听见他在后面自言自语地嘀咕："现在的小伙子谈个恋爱怎么这么费劲，太劳师动众了！不行，得给老伴去个电话，让她催催儿子别再磨蹭了，抓紧时间领个姑娘回家。"

政治觉悟高的人就是不一样，胖所长果然慧眼如炬，明察秋毫。我牵起海容的手，给她一个"上刀山下火海，历经磨难"的眼神，她善解人意，立刻回我一个嫣然巧笑。值了，美人一笑，一切都值了！

Chapter 14

爱在响螺湾

老雷是我的兄弟，我们的关系铁到哪怕全世界骂他、嫌他、唾弃他，我也不会成为第一个或者最后一个踹上他屁股的那个人。因为我会混在人群中间，趁乱给他一脚，这样既不会显得我反人类，也不会让他对这个世界彻底绝望，至少对我们的兄弟情仍保留最后一丝残念。所以，当他此时此刻临海而站，衣襟飞扬，面目苍凉，摆出一副随时要跳海殉情的架势，我看在眼里还是很内疚——不应该逃掉大学游泳课，跑回宿舍打魔兽的。

其实，老雷的心情我理解。他帮我泡妞追女，教我谈情说爱，还将他的男女情感理论倾囊相授于我，使我成功地变成一位理论上的巨人、实践上的矮子。可当我这个矮子都踮起脚尖装巨人，搂着白雪公主双宿双飞了，他这个真正的巨人依然无法在胡姗姗面前恢复王子真身，怎么能不苦闷，怎么能不郁结，怎么能不掏出根烟，抽得老泪纵横……倒也没真哭，迎着海风吐烟圈，迷涩了眼而已。

“我说，陈远。”老雷抹了把眼泪，看向我，“看你小子现在和林海容苦尽甘来，我呢，说出来也不怕你笑话，是真挺羡慕。”

“你要真对胡姗姗念念不忘，就去重新追求她，从零开始。”我认真地说。

老雷富有深意地瞧我一眼，狠吸口烟："你不懂。如果谈恋爱也能用温度衡量的话，本来姗姗对爱情的友好度和对男人的信任度都是零。之前被我猛地拉升到她难以想象的高温，后来又因为我骤减至零度以下，现在估计已经是南极冰封状态，再想破冰回温，难啊！"

一个"难"字被他说得百转千回，我不忍地问："所以你一点法子都想不出来了？"

他琢磨了老半天，重重点头。

"行了，既然你也有无计可施的时候，我就帮你引见一位高人，让他给你指点指点吧。"

他眼睛一亮："谁呀！？"

我也故作天机不可泄露："去了你就知道了。"

老雷虽然情伤了，但是智商还在，刚走到半道上他就猜到我要带他去见老爷子，死活又不愿意去了，说也不是什么大不了的事儿，不用麻烦他老人家。我知道，是他至高无上的男性尊严又开始作祟，不愿被人看笑话，抹不开面子。我只好说，老爷子指点我们这些小毛头跟玩儿似的，他最喜欢玩了，就当是陪老爷子玩玩也行。

他不情不愿地点头，半推半就之下被我扔进老爷子的病房，居然忸怩起来，手足无措地不知道该干什么、说什么。老爷子火眼金睛，嘴巴上说着大家聊聊，玩玩游戏，缓解一下尴尬的气氛，实际上早就摸透了我们此行的目的，心知肚明地对我偷笑。

接下来的三个小时，老雷完全是一点不落地重蹈我每次探病的覆辙，丝毫不敢怠慢，陪老爷子玩了他发明的所有游戏后，累趴在沙发上，直喘粗气。坐在他对面，老爷子跟我讲悄悄话，说一个人精神不济的时候，最容易卸下思想包袱，也最听规劝。我不得不再次竖起大拇指，还是那句话，老爷子高，实在是高！

给老雷倒了杯水，让他缓口气，我走到老爷子身边站定，先开了口：“老雷，你到底喜不喜欢胡姗姗？”

他一口水没咽下去，先使劲点头。

老爷子也满意地点点头，向我示意，我接着又问：“那你就再给胡姗姗认个错，会怎么样？”

“我有什么错？”老雷劲儿一缓过来，要命的男性尊严也缓过来了，“我以前是花，可我认识了姗姗以后，我花过一次吗？我总不能为我的过去跟她认错吧？”

老爷子眉头一皱，仍没说话，依然由我发问：“你是男人，你就受一点委屈会怎么样？”

老雷的手一抬一挡：“兄弟，你别说了。姗姗是什么人你会不知道？如果低头有用我早就低头了。到时候就怕我把脸伸过去，还蹭不上人家的冷屁股呢。”

“好，给我两分钟。”

我掏出手机，摆在茶几上。老雷诧异地看了看手机，看向我，我做了个少安毋躁的手势。这时电话响了，是海容打来的，我拿起来按下接通键和免提键，放回茶几，让老雷别说话，保持安静。手机那头响了几声噪音后，传来海容的声音：“这大家都看出来了，雷仁是真心喜欢你的。”

老雷一听，眉头挑得老高，肯定猜出海容在跟谁说话，紧张得整张脸都绷紧了，不自觉地半弯腰凑近手机。

“打住！别跟我提这个人。”

老雷虎躯一震，又缩回腰，面上显出难色。

“你就再给他一次机会，又怎么样？”

“我跟你说实话吧，不是我不想给他机会，是我没办法相信他。”

“我看你还是没有走出你父亲的阴影。不过，你的意思是不是只要想办法让他重新赢得你的信任，你就会给他机会？”

手机那头沉默了，我挂断电话，老雷也沉默了。半晌之后反应过来，他惊道：“原来你早安排好了，挖个坑等我往里跳，是吧？”

我语重心长地说：“老雷，我是不想看你为胡姗姗天天胡思乱想，也希望你和胡姗姗能有个好结果。”

老雷悲凉又自嘲地一笑：“你也听到了，她不相信我，也没办法原谅我，更不肯给我机会。”

他一口气叹得好像人生就此灰暗，窝进沙发郁郁寡欢起来。我实在是没辙了，只好向半天没说话的老爷子求救。要不说老爷子是如来佛呢，他眉目舒展，嘴角噙着一丝看透众生万象的浅笑，不慌不忙地开了口：“小子，跟爷爷说说，你是什么时候喜欢上我们姗姗的？”

老雷猛回过神，似乎陷入沉思，我也歪头开始琢磨。可能是酒吧里看胡姗姗拒绝一个个前去搭讪的男人的时候；可能是被胡姗姗摆了一道，变得不甘心的时候；也可能是胡姗姗在她母亲坟前哭，感动到他的时候……

“很久之前，在响螺湾大酒店，她误会我和陈远，谁也不认识谁，她竟然敢劈头盖脸骂了我个大男人一顿，我就觉得她挺特别的。”

啊！那么早！还真是挺特别的！估计老雷是没被女人骂过，欠的。

“那你觉得我们姗姗和别的女孩子比起来，有什么不一样？”老爷子磕了磕下巴，接着问。

老雷入戏了，深沉道：“以前觉得没什么不一样，后来觉得好像处处不一样，再后来又觉得她其实也就是个普通的女孩子，到现在我觉得她哪儿都比别的女孩子强，比别的女孩子好，独立能干，坚强果敢，爱憎分明，也真漂亮，怎么看都漂亮。”

他眼神有点痴迷了，我趁机追问：“追着你打的时候呢，还好吗？还漂亮吗？”

“当然好，当然漂亮啊！”

他张口即答，说得太快太顺嘴，自己都愣了一下，呆呆地看向我和老爷子，像是对自己刚刚才说出口的话难以置信。

我和老爷子相视一笑，老爷子笑得尤为高深莫测，对老雷说：“海容是我孙女，姗姗就是我干孙女。姗姗是个苦命的孩子，我不希望她把以后的幸福交给一个不靠谱的男人。你嘛……”

老爷子尾音儿一挑，声音一顿，老雷眼珠子瞪得都快掉出来了，大气也不敢喘一口：“爷爷我……”

“现在看来你还成，虽然比我孙女婿差点，但是也够格做我干孙女婿。”

老雷指定大脑缺氧，一时没听明白，我给他使了半天眼色，他终于懂了，感激涕零地说：“谢谢爷爷，谢谢爷爷。”

老爷子摆手道：“先别谢我，当务之急是让姗姗的心软下来，给你一次见面的机会。这样，来来来，你们听我说……”

三个脑袋凑到一块，老爷子的教诲简直如醍醐灌顶，引得我和老雷不停叫好。

按照老爷子的最高指示，老雷开始频繁出现在胡姗姗视线范围内。这招他练过，以前为了得到餐厅的租赁权，他也拿类似的招数对付过房东。胡姗姗去哪儿他就去哪儿，不会离胡姗姗太近，也保证胡姗姗一回头就能瞧见。但他不会阴恻恻地笑，胡姗姗回头，老雷就深情款款地望着她，好像她是蓦然回首，而他是站在灯火阑珊处。

早上，他买好不重样的早点挂在胡姗姗家门口，然后站在楼下等她上班。见胡姗姗与他擦身而过，将早点原封不动地扔进垃圾箱，他也不恼，只是笑，第二天照旧。中午，我、海容、胡姗姗一起外出吃午饭，他也跟在后面另坐一桌，提前给我们买单。接连几天之后，海容实在不好意思，不敢再约胡姗姗，胡姗姗干脆不吃了，老雷就请海容转交他亲自做的便当给她。扔过几次之后，胡姗姗也懒得计较了，照吃不误，对老雷仍然照样不理。

晚上，老雷最绝。不管多晚，他都守在胡姗姗家楼下，等她关灯睡觉了，他才开车离去。一来二去，大半月过去，胡姗姗像是吃了秤砣，铁了心，两人的关系毫无进展。今儿这天气，好像要下大雨。约会后，我送海容回家，借了两把伞直接奔胡姗姗家，远远就看见路灯下，老雷萧索的背影。

“怎么？下雨了也要继续傻站着？”

我走近老雷，掏出包新买的烟递给他。有时候想想，胡姗姗真够狠的，好几个晚上像故意跟老雷较劲似的，愣把家里的灯开了通宵，害老雷跟楼下一站就是一宿。最主要的是，也害苦了我呀，大半夜还要爬起来给老雷送解乏的香烟。

瘦掉一圈的老雷，眼窝发青，双颊凹陷，接过烟点起一根，无奈地说："有什么办法，既然做了，说什么也要坚持到底。老爷子说了，只要有一天懈怠，就会功亏一篑。"

我看老爷子不像是在教人忏悔，倒像是在训练特种兵。还好海容没那么铁石心肠，我也没那么多信用污点。把伞递给老雷，我说："你觉得呢？能成功吗？"

"谁知道，不试一次，估计我会后悔一辈子。"他没接我手里的伞，反推还给我，"天气预报听了快一个月了，我就等着这场雨，别坏了我的好事！"

"不是吧，你打算淋雨？万一胡姗姗又开一晚上灯怎么办，淋一夜雨啊？"我有点难以置信地问。

他目光坚决："置之死地而后生，姗姗的个性你不是不晓得。老爷子说了，要下猛药才能见效。"

张口闭口一个老爷子，看来老雷是下定决心，不达目的不罢休，我也没必要再多说什么。陪他站了会儿，雨真下起来了，而且来势凶猛。我原地撑起伞，发觉会遮住他头顶的雨，没法让他营造出悲壮凛冽又令人同情的效果，于是自动退后一步。老雷一下把头转过来，怒道："退什么啊？还不赶紧给我挡挡雨！想淋死我呀！"

"啊？"雨太大，我听不太清，"你不打算下猛药啦？"

"傻呀你，我打伞是一回事，你帮我打又是另外一回事，过来啊！"

我朝他身后一瞥，嘿嘿笑着摇头道："不用过来了，人家下来了。”

老雷一惊，忙回过神转身，胡姗姗打着把明显不够两个人撑的小花伞，慢慢走到他面前站定，看样子本来也不打算帮他挡雨。

老雷抹了一把脸上的雨水：“姗姗。”

“雷仁，你别以为做这些事我就会感动、原谅你。”胡姗姗的话像下着的冷雨。

“我不要你感动，也不要你原谅我，只要你肯听我说一句话。”

胡姗姗顿了顿：“你说吧。”

“星期天上午九点，我在航母公园等你，不见不散！”

说完，老雷不等胡姗姗同意或拒绝，转身在雨中飞奔而去。胡姗姗望着他的背影，愣在原地好久，我叹口气走到她面前：“姗姗姐，给老雷一次机会吧。我认识他好几年了，真没见他这么上心过，也没见他这么伤心过。送一句海容爷爷送我的话给你：人生是旅途，幸福在身边，且行且珍惜。”

说完，我也走了，尽完人事，一切看他们造化了。

雨过天晴，一晴就晴到了星期天，难得的艳阳高照、鸟语花香。

空无游客的观光用航母甲板正中间摆了一张方桌，两侧各放了两把椅子。桌子上有一个小哨子和一把小木槌，桌子脚搁着个大纸箱，旁边还架了台摄像机。

我真佩服老雷，竟然能在星期天包下整个观光航母，一定花了不少钱。他摇头，说一分钱没花，就告诉航母公园负责人，说他是张艺谋电影团队的先遣小分队，来这里试拍取景的。说不定哪天，张导就会来这里拍部大片，令整座航母公园名震海外。

老雷啊老雷，聪明起来是真聪明，遇到和胡姗姗有关的事，尿起来也是真尿。

我和胡杰一人站一边，像伺候赛前上场的拳击手似的，轻重合适地给他揉肩膀，琪琪则在一旁端着矿泉水，随时等他示意，好喂到嘴边。

要不是为了他的终身幸福，没人愿意这么妥妥帖帖地服侍他，他还不争气，完全静不下来，左右倒腾着双脚，嘴里不停地问："她会不会来，她会不会来，她会不会来……"

琪琪被问烦了，一口水直接灌进他鼻子里："你现在这样子一点气魄都没有，怎么征服灭绝师太呀！拿出你以往大杀四方、御女无数的自信，好不好？"

"是啊，是啊。"老雷一阵猛咳，胡杰帮他拍着背，附和琪琪道，"你再不振作起来，她真来了，你也没法顺利按计划进行的。"

"老雷，"我扶他挺起腰杆，坚定道，"你就算不相信自己，也该相信老爷子。对付胡姗姗这样软硬不吃的高手，应该软硬兼施。你软的已经成功突破了她的防线。现在必须要硬起来，和她硬碰硬，才有机会取胜。"

"来了，来了！"

琪琪高呼着引我们朝她手指的方向看过去，果然胡姗姗真的来了。虽然看上去像是被海容生拉硬拽着走过来的，脸色也难看到让人不敢多看，但好歹是来了。不知道老雷振作起来没，我眼风扫过他的脸，看到一副紧张到别人看了都会紧张的表情。

唉，只能听天由命了！

海容拉着胡姗姗走到我们面前，大家互相打起生硬的招呼。连老雷也在琪琪的怂恿下，对胡姗姗说了声“Hi”。胡姗姗问了我们仨好，唯独没有理会老雷。老雷尴尬地想掉头走人，胡姗姗见他没诚意，脸一拉，也要走，好在被我和海容死死拉住，分别按坐在桌子的两侧。

琪琪拿起桌上的一个哨子，用力吹响。胡杰接着拿起小槌子，朝我和海容使个眼色，砰地敲了下去。我和海容对视一眼，夫妻合力，一边一个开始劝。

我说：“有缘千里来相会。”

她说：“无缘对面不相逢。”

我说：“既然遇到了，有什么话呢，你们自己说开。”

她说：“既然碰到了，有什么过节呢，你们自己解开。”

我说：“没有飞不过去的火焰山。”

她说：“没有走不过去的独木桥。”

我们你一言我一句，说得紧张到失去耐性的老雷一拍桌子：“你们俩说相声呢？”

胡姗姗也不高兴地道：“还让不让我俩说话了？”

我和海容连忙捂嘴噤声，点头致意，基本收到暖身的效果。琪琪吹响哨子，道了句：“第一回合开始。”胡杰立刻补充：“自由辩论。”

我们四个人八双眼睛，紧盯起桌子两边的两位高手。胡姗姗一直抱臂而坐，没有丝毫开口说话的意思。老雷倒是想说什么，张嘴闭嘴几次，却半个字也没说出口，最后懊恼地抬脚踢桌子腿。

桌子一震，像一下牵动了胡姗姗绷着的那根筋，她杏眼一瞪，朝老雷抛出嘲讽：“说话呀！你不是挺能耐的吗？这会儿怎么蔫了？”

我们的心都收紧了，不知道老雷受不受得住，会不会被激怒。不过，他好像受住了，但底气明显又不足起来，软软塌塌地说：“其实，我也没什么好说的。以后我痛改前非，好好过日子呗。”

一人软，必然一人硬。胡姗姗瞧不出他的诚意，凉凉地看向我们，也无所谓地道：“其实，我也没什么好说的，就是以前的那些事，让我没法相信他。”

“你们看看，这都不相信我，这还怎么谈啊？”老雷腾地站起来，手指胡姗姗，看着我们，火气上蹿。

胡姗姗也站了起来，一掌拍掉他的手，怒气更甚，“你也不说说你以前是什么人，让我怎么相信你！”

眼瞅着两人要火星撞地球了，我赶紧劝架，不停嚷嚷：“别吵别吵！”胡杰拉老雷坐下，海容拉胡姗姗坐下，琪琪拿出两瓶矿泉水分别递给两个人浇浇火。

等他们的情绪稍微稳定一些，琪琪再次吹响哨子，道：“第一回合结束，现在开始第二回合。”胡杰小槌一敲，两手摊向我和海容，说：“请双方亲友团上场。”

按照事先分析，男女搭配干活不累，说不定换个人劝，会收到意想不到的效果。我和海容交换位置，我坐到胡姗姗身边，堆满笑容对她说：“过去的事情都过去了，你不能总是揪着人家的小辫子不放啊！再说，老雷自打认识了你之后，我们全部可以拿项上人头替他作证，确实没再花过了！”

效果似乎真的不错，胡姗姗敛眉，显出几分犹豫和几分无奈：“你说的这些我都明白，我就是不知道应该怎么相信他。”

我一时不知该怎么回答，就听见对面海容对身边的老雷说：“姗姗的过去你也不是不知道，你是男人，你总得表个态吧？”

老雷亦是一脸无可奈何：“你让我怎么表态？发誓赌咒有用吗？难不成还让我自废武功？”

“去啊！”胡姗姗接过话音，把老雷的无奈理解成了无赖，狠狠道，“有本事你就去自宫，你当真能吓到我呀！”

“你！”

俩人又一前一后站起来了，剑拔弩张。我忙又给海容递眼色，我和胡杰拉胡姗姗，海容和琪琪推老雷，把俩仇人弄出老远，再分别开劝。

胡姗姗灭绝师太的模式似乎已经被老雷开启了，耳根子奇硬，我和胡杰嘀嘀咕咕跟她说半天，毫无反应，我们只好又把她领回原位坐好。对面老雷也归位了，看他沉闷的表情和海容、琪琪直摇头的样子，也知道和我们一样，无功而返。

较量仍要继续，琪琪的哨子已经吹得没什么力度了，她泄气地说：现在开始第三回合，真心话大冒险。

“哼！”老雷也开始有点“事已至此，情何以堪”的感觉，嬉笑道，“土不土？玩真心话大冒险。能不能来点新鲜的呀？”

“好啊！”我们都还来不及打圆场，胡姗姗手往海面一指，也笑眯眯地说，“你要是现在敢跳下去，待个一年半载再上来，你以前的事儿我就不跟你计较。”

“够了！胡姗姗，有必要做这么绝吗？又让我自宫，又让我跳海。我雷仁是干了多伤天害理的事情，你非得这么糟践我？”

“你不是不知道怎么表态吗？我就教给你呀！”

“好！”老雷撸起袖子起立，边往甲板边走，边回头问胡姗姗，“是不是我跳下去，你就不计前嫌，原谅我？你要说是，我立马跳下去。”

“是！”

“不是！”

我们仨高喊着冲向老雷，胡杰抱腿，琪琪抱腰，我勒脖子，忙道：“你要真跳下去，别说半年，半天你都待不住。你听不出她那都是气话嘛！冷静，冷静啊！”

紧急关头，手上力道使得有点没轻重，老雷被掐得直翻白眼，我才松开手。他弯腰咳了好一阵，缓过劲直起腰，不知道是被我给误伤，还是怎么了，眼睛里竟然闪出泪光，对我说：“陈远，我雷仁这辈子没对哪个女人动过心。好不容易动过这一次，以后也不会再动了。要伤我，也是这最后一次。”

说完，他回桌子边坐好，目光定定地看向胡姗姗。我们追过去刚站稳，老雷随即道：“我选真心话。”

琪琪说：“现在由女方提问，男方必须如实回答，女方，开始提问。”

姗姗貌似也被老雷刚才的举动唬住了，没再那么耀武扬威，思索片刻，问：“你到底祸害过多少女孩子？”

老雷直接道：“一百多个吧。”

连我们都被他的诚实以及彪悍的数据给惊住了，何况胡姗姗。她双手抓紧桌角，咬牙切齿地说：“我杀了你！”

海容立刻在她耳边道：“行了行了，见好就收吧。”

胡姗姗回看海容一眼：“不能就这么便宜了他。”

琪琪怕她又提出什么要人命的要求，找话打岔：“男方，你是选择真心话还是大冒险？”

“怎么又是我？”老雷不乐意了，听胡杰苦兮兮地劝他忍一忍，深呼吸口气，接着说，“大冒险吧。”

胡姗姗一只手托着下巴沉思起来，做足了故弄玄虚的戏码，吊足了我们的胃口和紧张的情绪，示意我在老雷身边坐下，阴险地笑着说：“雷仁，陈远，你们两个为了追求我和海容，耍尽了阴谋诡计。今天让我原谅你们两个也可以，你们两个表演一个激烈拥吻给我看。”

关我鸟事！凭什么要你原谅我！

为了保住现在暂时缓和的气氛，我没发怒，寻看向海容，你舍得你家相公被人欺凌吗？海容抿了抿唇，垂了垂眸，用看可怜小狗的眼神看我，居然摇了摇头。心理斗争如此之短，纠结情绪如此之简单，就这么把我卖啦？

我只能伤心欲绝地对胡姗姗惨笑：“呵呵，你开什么玩笑……”

突然想到，拥有至高无上男性尊严的老雷是断然不可能跟我一男人做这么恶心的事，我抱着最后一丝希望看向身边的他，孰料他眼睛里竟然闪过一道凶光，令人不寒而栗。

“救命啊！”

我惊跳而起，撒腿开跑，只奔出那么两三步，就被老雷一个饿虎扑食给扑倒在地了。摔得七荤八素，我都不知道怎么被他翻过身，压我身上的。

见他一双眼睛都绿了，像失去理智，我惊恐不已地挣扎道："大哥，这可不敢开玩笑呀！会出人命的！"

他一下凑近我的脸，万分悲愤地说："兄弟，我也不想这样。为了大哥的幸福，你就忍忍吧。"

一张大嘴眼看就要堵过来，我头往左一偏："大哥，冷静啊！她可能只是在耍你！"

他嘴追过来："管不了那么多了，先亲了再说。"

我头往右一偏，又躲过一劫："真亲了，以后会不举的！"

他嘴又追过来："我掏钱给你治！"他突然一抬头，我以为他是悬崖勒马，谁知他高喊道，"琪琪、胡杰，过来帮忙。"

我眼瞅着两双腿脚利落地跑过来，琪琪和胡杰干脆利落地把我的头按得死死的，面目之上都是淫笑，嘴里道："眼睛一闭一睁，一个吻就过去了！"

"交友不慎啊！"

蓝天白云下，响起我陈远撕心裂肺的惨叫！我终是没躲过老雷的狼吻，在我话音未落之际，他已凶猛地向我袭来，险些酿成大祸，好在我及时闭嘴，才得以保住口腔内贞洁。

他这个恶心至极的吻恕我不想多提。但就算是为了他一生的幸福，我都已经拍地认输了，怎么还不停嘴！直到不远处响起笑声，海容高声道："好了，好了，顺利过关！"

老雷这一帮子匪类这才放过我。我晃晃悠悠地站起来，抻起袖子发狠似的擦嘴，扑到海容面前，一矮身扎进她怀里，娇滴滴地怨念道：“夫人，相公我在外面被恶人欺负了，身心受到重创，你要好好补偿相公我啊！”

海容捧起我的脸，忍住笑，看似心疼地问：“怎么这么可怜？你要我怎么补偿你？再亲你一下？”

我双眼发亮，猛点头，一想不对又忙摇头，拉下她的手，将她揽进怀里，恨恨地道：“不能便宜那个死小子，等回去洗脸漱口刷牙之后，咱再慢慢亲。”

海容粉拳捶进我心口，人羞怯地倒在我胸膛。我一挑眉，极度不屑地看向老雷。他朝我冷哼一声，走到胡姗姗面前，说：“现在你肯相信我了吧？”

胡姗姗咧嘴笑了笑，什么也没说。任谁也猜到，她这回是真真切切地原谅老雷了。

大功一告成，老雷又开始油腔滑调了，亲密地搂着胡姗姗的肩膀：“有件事我还没跟你说，其实今天我为你准备了一场超别致的求婚仪式。”

胡姗姗也不为所动，撇嘴道：“我最不喜欢那些花里胡哨的东西了。跪下！”

老雷反应巨快，扑通一声，单膝跪地。

胡姗姗女王范儿上身，高抬头：“向我求婚！”

老雷向胡杰飞了个眼色，胡杰忙从口袋里掏出一个红色缎面小盒，打开呈到老雷面前。老雷从里面拿出一枚闪闪发光的戒指，举在半空，认真地对胡姗姗说：“姗姗，嫁给我吧！”

胡姗姗眼都没眨一下，头都没动一下，把手一伸："给我戴上。"

老雷毕恭毕敬又正式非凡地将戒指套入胡姗姗的中指，然后像个中古骑士一样，拉着她的手，绅士地轻吻她的手背。

胡姗姗掩不住笑意，仍抽回手，道："花！"

下一秒，由琪琪从纸箱里拿出的鲜花已经被递到老雷手里，并捧在了胡姗姗面前。胡姗姗终于喜极而泣，接过花的同时拉起老雷。老雷抱着胡姗姗走到甲板边，迎着微微海风，和她相拥而吻。

我收回视线，拉起海容的手，十指相扣："走吧。"

海容笑若桃李，点点头，跟上我的脚步。

我们踩着日光在甲板上投射的一高一矮两个身影慢慢走着，同时回过头。老雷和胡姗姗相互依偎，璧人成双；琪琪和胡杰两个欢喜冤家也被这浪漫海风所感染，拥抱在了一起。

我和海容相视而笑。也许千年以后，响螺湾的海边会流传着一个美丽的传说。传说中，相爱的男女，会在这里遇到幸福，白首相伴，直到永远……

【END】